人身有虫

雷戈 著

天津出版传媒集团
天津人民出版社

图书在版编目（CIP）数据

人身有虱 / 雷戈著. -- 天津：天津人民出版社，
2018.3
ISBN 978-7-201-12811-5

Ⅰ.①人… Ⅱ.①雷… Ⅲ.①随笔—作品集—中国—
当代 Ⅳ.①I267.1

中国版本图书馆 CIP 数据核字（2017）第 313779 号

人身有虱
RENSHEN YOU SHI

出　　版	天津人民出版社
出版人	黄　沛
地　　址	天津市和平区西康路35号康岳大厦
邮政编码	300051
邮购电话	（022）23332469
网　　址	http://www.tjrmcbs.com
电子信箱	tjrmcbs@126.com

策划编辑	郑　玥　韩贵骐
责任编辑	郑　玥
装帧设计	卢炀炀
插图绘画	卢炀炀

印　　刷	高教社（天津）印务有限公司
经　　销	新华书店
开　　本	787毫米×1092毫米 1/16
印　　张	15.5
插　　页	2
字　　数	120千字
版次印次	2018年3月第1版　2018年3月第1次印刷
定　　价	49.80元

解　题

　　人是生命,也是生物;虱子只是生物,而非生命。这样,人虱之间既是生命与生物的关系,又是生物与生物的关系,但本质上,二者首先是寄生物和寄生体的关系。

　　本书的关注点既非虱子,亦非虱子与人的关系,而是人身上的虱子对人的影响,以及人对这种影响的反应和感觉。

　　这是一种久违的感觉。用诗意的方式呈现中国人身上早已消失的那种感觉和记忆,并非为了重温旧梦,而是为了回味历史。回味历史既非回到历史,亦非告别历史,而是抚摸历史。于是,历史有了体温,有了意趣,有了人气,有了生命。当虱子在人身上悠闲爬行,历史便被激活。当人的目光顺着虱子进入历史深处,释放出的不仅是历史,更是历史的感觉。

　　诚然,这种感觉很不舒服。这种不舒服的感觉正源于另外一个微小的生命,即虱子。虱子寄生于人体,虱子和人身的关系在很长的历史时期中都持续存在。它对人造成的烦恼普遍而又持久。普遍是说几乎所有人身上都有虱子，持久是说几乎每个人一生都必须忍受虱子的折磨。

从虱子与人身的关系看，应该可以得出一个结论——中国人的生活似乎有些问题。虽然许多人生活很舒适，有些人甚至生活很奢侈，但都称不上精致和洁净。因为他们所有人都面临着虱子的侵扰。于是，通过处理虮虱也就逐渐发展出了中国古人的一系列生存技巧。在这个充满日常烦恼的环境中，捉虱、吃虱、祛虱、疗虱以各种不经意的独特方式和途径进入了人们生活的各个层面，并对人们的日常生活和生存经验产生了诸多深远而又深刻的影响。

在中国古代，有些生活细节因过于熟悉而被人们忽视。如何深入发掘这些生活中的常见细节，并展示其具体内容，构成了微生活史的细腻景观。实验性地探索微生活史在实际生活中的多方面意义，以唤醒现代国人身上那种久违的生动感觉，是历史研究中的细节方法论的价值所在。细节方法论的特点是，尽可能细致地描述历史的细微之处。比如，捉虱在中国古人生活中就具有极为广泛的功能和作用，而且也是近乎所有人都必须经常面对和耐心解决的生活问题。通过对捉虱这一细节的详细展示和细微描述，可以更为开放地呈现出中国古人日常生活的真实状态，并努力使其再次进入现下中国人的寻常记忆。

与虱为伴是人类文明进化史中最感性的经验之一。它由生活而演绎为话语，进而抽象为观念。由此，人类感觉愈加细腻和敏税。问题是，当人的皮肤不再有虮虱的痕迹，人的感觉还能否依旧细腻和敏税？或许，一种微历史的写作，能让我们通过"咀嚼"虮虱而获得持续自我激发的能力。

第一章

人身之虫

一、虱子的名目及寓意

虱子和人类的结缘，差不多和人类历史一样久。这使得有学者竟然可以据此考究人类事物的某些起源。在中国古代文献中，似乎保存着一个有关虱子的话语谱系。它构成了一个特有的人虱关系的叙事方式。

围绕虱子，古人发明了许多词语。这些词汇涉及对虱子的命名、分类，虱子的各种器官、形状，虱子的动作特点，以及人们对待虱子的态度连同对付虱子的各种手段，特别是因此而引发的相关比喻。这些比喻显然是对人的描述。它表达了古代基于对虱子习性的观察和认识而引申出来的自我认知。这种自我认知大体算是一种带有

某种粗浅的虱子知识背景的人性判断。某种意义上，古代对自身的认识，同样包含有对寄生于自己身体上的虱子的认识。所以，古代对虱子的认识常常充满了拟人性。

虱子作为最能刺激古人身体感应的一种生物，扪虱作为古人生活中最熟悉的一种场景，在古汉语的密林中留下了虽然断断续续但也显而易见的线索。这就是古人制造出来的各种虱子名目和术语："七虱""针虱""蛇虱""虱心""虱目""虱脑""虱言""虱避""虱暴""虱爬""虱斗""虱父""虱智""虱功""虱多""虱生""虱行""虱闻""虱饿""虮虱""虫虱""得虱""疗虱""拾虱""中散虱""两头虱""扪虱""虱空爬""嚼虱""小虱""烹虱""裩虱""骂虱""嫉虱""捉虱""虮虱肠""虮虱心"等。

这或许是一份不甚完整的"虱子术语名单"。不过，它至少表明一点，古人确曾留心搜集了诸多有关虱子的名目。这些名目并非都是严格而固定的词汇，但都与虱子有关，因此可以大体看出古人对虱子的留意和关注。在那个无虱不成（生）活的时代，对虮虱的命名和表述，本质上展示为一种古人感觉的历史和烦恼的历史。

通过这份"虱子术语名单"，人们可以粗略了解虱子和古人的亲密关系。这种人虱关系是数千年历史中最感性的一部分。它持续而耐心地骚扰着人的身体，以至于成为身体的一部分，从而形成了一种微妙的身体记忆。它不舒服，但有趣；它令人烦恼，却无可逃避。在某种意义上，直到今天，它仿佛还在若隐若现地触动着人们的感觉。尽管这种感觉很大程度上已是一种想象和回忆。

二、古人对虱子的一般描述

寄生于人体的虱子有两种，即人虱和耻阴虱。一般认为人虱又分为人头虱和人体虱两个亚种。概言之，根据人体的不同部位，人虱主要有三种，即头虱、体虱、阴虱。这三种虱子，人们在史前美洲印第安人的木乃伊身上均已发现。头虱和体虱相似，只是体虱体型要略大些。阴虱形状区别较明显，体型远远小于头虱和体虱；头虱最常生在儿童头上，婴儿和女孩头上尤多；体虱在成人身上较多；阴虱则常见于女人身上。

冬天虱子最为活跃，但夏日虱子也并不少见，

"热湿暑三气","大地为蒸笼……蚘虱悉出衣表"①。
虱子的自由活动能力使它常常乱窜和越位,比如
阴虱可以传播到身体其他有毛发的部位,像头
发、腋窝、睫毛、眉毛和胡须,腿毛比较长的人还
会被感染到腿毛上。

　　虱子是典型的寄生虫。寄生虫的特点是脱离
人体很快就会死亡。比如,阴虱的一般寿命是三
十天,但脱离人体的阴虱均会在两天内死亡。虱
子具有一定的传染性和游移性,所以生活于那些
住房拥挤、卫生条件差的场所的人群最容易滋生
并感染虱子。头虱和体虱可引起伤寒、回归热、皮
炎等多种疾病,而阴虱不会传播任何传染病。

　　古人有关虱子的知识相当全面。主要有两点:
一是"物皆有蝨,故《淮南子》曰:'牛马之气,蒸生
蚘虱'"②;二是"物各有雌雄,鳞介至蚘虱皆然"③。

　　至于和人有关的虱子,古人也说得很明确。《说
文》云,虱乃"啮人虫"。虱子有大小。大者为虱,
"衣襦中虫也";小者为蚘,李时珍说:"人物皆有
虫,但形各不同。始由气化,而后乃遗卵,出蚘
也。"④蚘虱都藏在人的衣服中,靠吃人血为生。葛
洪对虱子在人身上的位置变化有过细致的观察

和描述:"头虱著身,皆稍变而白;身虱处头,皆渐化而黑。"⑤方以智也曾注意到,虱子"以黑者置身,白者处头,仍变嚼茶"⑥。

每年农历的二三月间,正是虱子活跃的时节。不过虱子似乎也不耐热,据明朝周嘉胄所著《香乘》记载:"虮虱窜窜逃热瘴。"

虱子有不同种类。一种是壁虱。壁虱即臭虫。"一名壁驼,扁小褐色,殠而啮人。"⑦壁虱"化生壁间,暑月啮人。其疮虽愈,每年及期必发,数年之后,其毒方尽。其状与牛虱无异"⑧。壁虱"能入人耳",对人伤害很大,"教以桃叶为枕",似可出之。另外还有"凡虫入耳,惟用生油灌之为妙"⑨的说法。

一种是扁虱。扁虱属跳蚤,名曰交蚤,"身扁而臭,不能跳,善啮人"⑩。

一种是沙虱。"沙虱者,生水中,大不过虮,喜入皮肤害人。以茅根竹叶刮之,可愈。或以火炙身,则随火去。"⑪

一种是涂虱。"涂虱生于泥中,如虱,故名一呼涂虱。有刺弹人,一名弹瑟。田塍潭底往往有之,一名田瑟。"⑫

此外,一些与人身关系不大的虱子种类也颇

多。比如，狼虱"啮鹤，以小制大"[13]；鳖虱"厥状肖惟鳖形圆，脊惟穹裙介俨，环列多足，巧于缘利，嘴锐如铁"[14]；鸡虱"极细难见，人呼为鸡禽虫。伏雌，夏月多有之"；竹虱"如人虱而白色，多生桃紫竹上。其屎成团如粟，龢悬竹篱间。人取而洗，烹而食之，甚益人"；水虱"一名鱼虱，似人虱，而大长寸许，生水中，能化蜻蛉"，至于牛虱、狗虱也属此类。[15]

古人对虱子的习性有很精细的观察。他们发现其最明显的特点是"虱不南行"，也就是"行必北首"。另外，"其足六，北方坎水之数也"[16]；"阴类也，其性畏火。置之物上，随其所向，以指南方。俄即避之，若有知也"[17]。与此同时，古人也发现截然相反的情景："人身大虱，以一置之台上，将虱头朝北，决不北行，惟走三方，虽百次亦不北向也。此法甚合虱性。"[18]

平心而论，限于技术条件，古人的这类观察尚未达到生物学的解剖水平。只有到了晚清，借助于西洋显微镜，人们对虱子的观察才真正有了质的进步。通过显微镜，"见虮虱毛黑色，长至寸许，若可数。"[19]作家李渔写道，"显微镜大似金钱，下有二足。以极微极细之物置于二足之中，从上

视之，即变为极宏极巨。虮虱之属，几类犬羊；蚊虻之形，有同鹳鹤。并虮虱身上之毛，蚊虻翼边之彩，都觉得根根可数，历历可观。所以叫做'显微'，以其能显至微之物而使之光明较著也。"[20]

令人惊奇的是，虱子对人的生命有特殊的敏感："久病者，忽无虱，必死，其气冷也。"[21]古人注意到，"人将死，虱离身"[22]，这使得人们相信，虱子可以占卜生死，遂产生"虱卜"。具体做法是，"取病者虱于床前……将差虱行向病者，背则死"[23]。特别是南方人很相信这个。朱胜非在自己编辑的一本汇集"旧说"的书中曾提及，"岭南人有病，有病以虱卜之，向身为吉，背身为凶"[24]。

由于受到环境和气候的影响，蚊子、苍蝇、跳蚤、虱子都是古人日常生活中少不了的东西。古人注意到，"蚊而多，蝇其为扰倍焉，蚤虱之属，臭虫又倍焉"。对于居住条件不好的人来说，受到蚊蝇蚤虱的困扰和折磨更多。

除此之外，许多动物身上也有虱子，如猪、狗、马、牛。养猪者的一个主要任务就是给猪捉虱子，这个活一般都由妇女来干。有趣的是，猫却不生虱子："猫毛不容蚤虱，黑者暗中逆循其毛，即如火

星。"㉕有的动物还会捉虱子。比如，猫头鹰就喜欢"夜拾蚤虱"。另外，"性躁"的沐猴"见物辄斗……与狗斗，又好残毁器物，尤工捕虱"㉖。还有个头"微小"的俳鹠，"一名忌欺，白日不见人，夜能食蚤虱也"㉗，而且还有俳鹠"黄夜能食人手爪，知人吉凶"㉘的记载。据说庄子曾描述："鸱俳夜撮蚤，蚤乃蚤虱，后人讹蚤为爪，谓夜能入人家，拾人指爪，知人吉凶，有人获之嗉中，犹有爪甲。故除爪甲者，埋之户内为此。"㉙不过，这显然是个齐东野语式的讹传。最荒诞的是一种叫作"模豹"的"人"，每每在捕捉猎物时捉虱："西荒中有人，长短如人，著百结败衣，手足虎爪，名模豹。见人独自辄就人，欲食脑，先捕虱。"㉚

另外值得一提的是，古人为了对付虱子，很注意对住房家具材料的选择。比如杶木，"其木脆而易折，不中弓干之用，人家田园所植芽，为人采多不易长，深山所有者，或大至十余围，色赤而理坚，可锯为材用，性辟虱蚤，故今人以作床榻"㉛。

注释

①（清）喻昌《尚论后篇》卷二。

②（宋）罗愿《尔雅翼》卷二十六。

③（清）陈大章《诗传名物集览》卷一。

④（明）李时珍《本草纲目》卷四十。

⑤（唐）李善注《昭明文选》卷五十三。

⑥（清）方以智《物理小识》卷十一。

⑦（清）陈元龙《格致镜原》卷九十七。

⑧《太平广记》卷四百七十九。

⑨（宋）曾慥编《类说》卷四十七。

⑩（明）彭大翼《山堂肆考》卷二百二十八。

⑪（清）屈大均《广东新语》卷二十四。

⑫（明）屠本畯《闽中海错疏》卷中。

⑬《御定韵府拾遗》卷九十三。

⑭（清）姚之骃《元明事类钞》卷四十。

⑮（清）陈元龙《格致镜原》卷九十七。

⑯（元）陶宗仪《说郛》卷二十五下。

⑰（清）陈元龙《格致镜原》卷九十七。

⑱（明）高濂《遵生八笺》卷十八。

⑲（清）屈大均《广东新语》卷二。

⑳按：显然，李渔感兴趣的不是显微镜看到的虮虱，而是能让虮虱纤毫毕现的显微镜。更重要的是，李渔对显微镜的欣赏和赞叹已非文人惯

用的"奇技淫巧"的恶评和蔑称。"这件东西的出处，虽然不在中国，却是好奇访异的人家都收藏得有，不是什么荒唐之物。但可惜世上的人都拿来做了戏具，所以不觉其可宝。独有此人善藏其用，别处不敢劳他，直到遴娇选艳的时节，方才筑起坛来，拜为上将；求他建立肤功，能使深闺艳质不出户而罗列于前，别院奇葩才着想而烂然于目。"在他看来，西洋制造的这种望远镜和显微镜"同是一种聪明，生出许多奇巧"。(清·李渔《十二楼》第二回)

㉑(清)陈元龙《格致镜原》卷九十七。

㉒㉓(唐)段成式《酉阳杂俎续集》卷二。

㉔(宋)朱胜非《绀珠集》卷六。

㉕(清)陈元龙《格致镜原》卷八十七。

㉖(宋)罗愿《尔雅翼》卷二十。

㉗《太平御览》卷九百二十七。

㉘(三国吴)陆玑撰、(明)毛晋广要《陆氏诗疏广要》卷下之上。

㉙(清)姚炳《诗识名解》卷三。

㉚《太平御览》卷三百七十五。

㉛(清)王夫之《尚书稗疏》卷二。

与虫为伴

人身有虱

一、人人都有虱子

　　古人将鼠、蚊、蚤视为"三害"。相对而言,虱子和老鼠基本没有可比性。和蚊蝇比较起来,虱子和人身的关系最为密切和持久。蚊蝇在人身之外,虱子在人身上,所谓"虱生于我"。虽然跳蚤也生于人,但跳蚤的活动有季节性,而且跳蚤一般只活跃于人身局部,虱子却遍布人全身。比如,人头上只会生虱子,而不会有跳蚤。就此而言,人对虱子的感觉更为敏感和独特。宋朝李流谦的《虱叹》诗中说虮虱"毒比蚤蚊炽,类兼蚋蚁微",就透露出这层意思。

　　虽说"絺衣生虱",但常换洗衣服还是避免虮虱的最好办法。①因为虱子滋生一般有三个地方,

017

一是破衣烂衫，所谓"衣敝生虮虱"②；二是生于长时间不换洗的衣服；三是藏于贴身的衣服，贴身的衣服因与皮肤毛发亲密接触，从而增加了滋生虮虱的概率。

穷人身上虱子多是一个生活常识。"贫衣弊易垢，易垢少虱难。"③"典衣未赎身饶虱，治米无工饭有沙。"④无论破衣还是当衣，均说明穷人没有条件常换衣服。同时，病人多虮虱也是一个生活常识。文徵明《病中》诗云："久病生虮虱，搔头有雪霜。"刘崧《病起理发》云："徒蒙垢腻积，虮虱来相亲。"由于病人抵抗力弱，有了虮虱也不能乱挠痒，否则很容易生疮。南宋蔡戡《病中纪事》有云："垢腻生虮虱，爬搔变疮疣。"总之，在因身体虚弱而不便频繁洗澡换衣的病人身上，"抱病虱空爬"是一种常见现象。此外，经常不换衣服的懒人，或干粗活的工人，或穷乡僻壤的山民，或没有机会洗澡的军人和犯人，或因教规限制不能经常沐浴更衣的僧人，也都是容易让虮虱滋生和繁殖的主要人群。在这些人群中，竟然有人因虱子噬咬而死。明朝的胡直在《虱说》中写了一个男子，"始尝拥赀江湖有声，既而以声伎豪尽滨老。遂衣

败絮著敝裈，层复垢秽，竟为虱薮，其多至斗之不尽，以是寝疾骨立。转复蕃息，蕾蠡蚁犇，相寻以食其未竭之血。而爬梳熏沐，势不可复施肤。既已渐土矣，然后虱亦随以尽灭"⑤。

在人们的一般经验和想象中，虱子生存繁殖的场所似乎都是物质生活条件不好的地方，不外乎监狱、兵营、寺院、民居、旅舍等。但实际上，中国社会的各个角落都布满了虱子。而且虱不分南北，即便江南人文荟萃之地也是虮虱横行。据元末书画家杨维桢叙述，他客钱塘时，"初宿市舍，胁未暖席，有物嗫身，若芒刺然。已而嗫肉皆起，瘾疹，十指，爬搔不得停，搔讫即成疮痏。亟命童秉烛，枕褥间了无一物，复睡则嗫如故。遂挈胡床，露坐待旦。明日问舍长，舍长曰：'此璧虱也。当兹旱气熇然，城中舍皆是物。'问何状，命童剔床第空出之。虱非虱，蚤非蚤。以爪掐之，其臭令人呕恶"⑥。正所谓"地大物博虱子多"，以致有"人民多若蚕虱，蚕虱众多则地痒"⑦，以及"虮虱藏于裘褐，不知都邑之多人"⑧之类貌似与事实相反的说法。可以说，有人的地方就有虱子。身居陋巷的一介寒儒自然难以幸免，正如宋代谢薖诗云："城

南陌巷在江侯,读书蒲团生虮虱。"就连王宫或皇宫这种物质条件最好、卫生设施最为齐全的场所也照样少不了虱子的身影。而且所有人都对这种现象习以为常,司空见惯。上至帝王下至黎民,都早已习惯了身上爬满虱子的生活感觉。即便在国君上朝时,他们身上也时不时地有虱子骚扰。最有趣的是,碰到这种情况,无论君主还是朝臣,都对此熟视无睹,不以为怪。

光武帝时,马援击寻阳山贼,他向光武帝汇报自己的战术战法:"除其竹木,譬如婴儿,头多虮虱而剃之,荡荡虮虱无所复依。"光武帝受到启发,便仿照马援的办法,对皇宫里人员身上的虱子来了一番彻底清理:"出尚书尽,数日,敕黄门取'头虱章'特入。因出小黄门头有虱者,皆剃之。"⑨

直到宋代,皇宫中的虱子也还是很常见,以至于宋太祖在一次吃饭时,都能看见盘子旁边有虱子在爬。当然,这只虱子可能不是皇帝身上的,而是厨子身上的。史载:"上性宽仁多恕,尚食供膳,有虱缘食器旁,谓左右曰:'勿令掌膳者知。'"⑩宋太祖的仁慈似乎可以让我们联想到,可能是宫廷御厨在做饭时,由于自己身上的虱子太多,稍

不留神一只虱子就溜到了皇帝的御膳上，进而又爬到了皇帝的饭桌上。宋人便有了"仪鸾供帐饕虱行"[⑪]之感叹。仪鸾供帐作为帝王用具，仍有"贪饕之虱行于其间"，可见历代帝王都难脱虱子的骚扰。

作为一种生活常态，虱子自然也会影响到帝王的日常话语和政治经验。魏文帝在给王朗的信中，就抱怨道："蚤虱虽细，虑于安寝；鼹鼠至微，犹毁郊牛也。"因刘悫常有飞书谤毁，梁帝愤怒地说："刘悫似衣中虱，必须掐之。"虔诚信佛的梁武帝在《断酒肉文》中也说"噉食众生，是致虱因"，将虱子看作吸食百姓血肉的罪恶之物。隋炀帝在《放官奴》中特别提及了虱子对官奴身体的折磨："士子有游息之谈，农夫有休劳之节。咨尔髡众，服役甚勤，执劳无怠。埃盍溢于爪发，虮虱结于兜鍪，朕甚悯之。"

春秋时，人们为了打动君主，劝谏时也巧妙借虱喻政：

> 齐鲁争汶阳之田，鲁侯有忧色。鲁隐者周丰往见曰："臣尝昼寝，然有群虱之斗乎衣中，甘臣膏腴之肌，饵臣项脊之肤，相与树党

争之,日争不息,相杀者大半。虱父止之曰:'吾
与汝所虑,不过容口而已,奚用交战为哉?'群
虱止。今以七百里为君之城,亦以足矣。而以
汶阳数亩之田,惑君之心,曾不如一虱之知,
窃为君羞之。"鲁侯曰:"善。"(明·董斯张《广
博物志》卷五十)

这正好说明,人们关于蚤虱的比喻和论说,
其实都有着相当日常化的经验基础。

二、官员身上的虱子

既然帝王身上都有蚤虱,那么官员身上的虱
子只会更多。中国古代官僚制中有一项很重要的
制度,就是规定官员定期沐浴。周公"吐哺握发"
的典故,其实就透露出早期古人生活中的一个习
惯做法:经常洗头,祛除蚤虱。"吐哺握发,一介蚤
虱之不遗,必欲罗四海有用之材。"⑫这被看作一
种礼贤下士的德治风范。但这种政治姿态只是一
种派生出来的统治美德。古人提倡修身,其实有
两义,首先是实际的清洁身体,其次才是道德上

的自我反省。而反省自身恰恰是从清扫自身引申而来。朱熹已经参透这点，他在《训学斋规》中对"衣服冠履"作出明确规定："凡盥面必以巾帨遮护，衣领卷束，两袖勿令有所湿。凡就劳役，必去上笼衣服，只着短便，爱护勿使损污。凡日中所着衣服，夜卧必更，则不藏蚤虱，不即敝坏。苟能如此，则不但威仪可法，又可不费衣服。"朱熹还特别强调："此最饬身之要，毋忽。"

其实，早在秦汉时，国家对官员们的个人卫生就已逐渐重视起来。从汉代开始，朝廷就正式规定官员五天休沐一次，主要就是让官员都来洗洗澡，以便清除虮虱。所谓"虮虱脱洗沐"是也。长时间不沐浴更衣，会直接影响官员们的身体状态、心情乃至行政效率。所以，古人很早就注意到了官员的卫生习惯和虱子问题，这便有了"汤沐具而虮虱相吊"[13]的形象说法。黄庭坚曾幽默地说："虱闻汤沸尚血食。"[14]宋祁则早就警告："虮虱休相贺，吾今汤沐频。"[15]他还在《初伏休沐》一诗中写道："伏时诏休偃，闭门谢朋侪……汤沐未及具，反为虮虱哈。"官员们从自己的切身经验中感受到"咋皮吮血无已时，应待渠家具汤沐"[16]。陆游在

《除夜沐浴》诗中说:"未濯三生垢,汤沐意亦足。岂惟寓萧散,亦以洗荣辱。"沐浴不但净身,而且洗脑,陆游赋予了汤沐一种洗涤心灵的神奇功能。

长期看来,休沐惯例在官场生活中渐渐具有了越来越重要的意义。一些或许有洁癖的官员甚至"一日洗浴十余遍"。为此,古人在沐浴手段和技术上也有不少的发明创造,一些讲究的官员已经达到了无以复加的程度,比如:

> 蒲传正为宋资政,有大洗面、小洗面、大濯足、小濯足、大澡浴、小澡浴。小洗面一易汤,用二人颊面而已;大洗面三易汤,用五人肩颈及焉;小濯足一易汤,用二人踵踝而已;大濯足三易汤,用四人膝股及焉;小澡浴汤用三斛,人用五六;大澡浴汤用五斛,人用八九。每日两洗面,两濯足;间日一小浴;又间日一大浴。口脂、面药、薰炉、妙香未尝斯须去侧也。**(清·潘永因《宋稗类钞》卷十八)**

蒲传正和王安石"同时共事",后者"垢面乱发,衣服生虮虱"[⑰],前者则如南朝何佟之。史称,

何佟之"性好洁,一日之中洗涤者十余遍,犹恨不足,时人称为水淫"⑱。所谓"水淫"其实是一种洁癖,属于强迫症的一种。所谓"同其水淫"而极相反者,正是对水的两种截然态度。一种是视水如命,恨不能天天泡在水里;一种是视水如虎,唯恐避之不及。这样,长年累月不沾水便被视为另一种"水淫"。比如,宋朝"刘宽经年不洗浣,阴子春经年不濯足";李流谦自称"性懒如嵇康,不沐已三岁"。数年不洗澡在今人眼中实在难以理解,但在古人看来实属平常。这也说明,古代休沐制度之效果端赖于官员个人的自觉和习惯。

其实不爱洗澡的人还不少。宋代俞德邻"头垢不暇栉",汪元量"一月不梳头,一月不洗面",结果是"故衣连百结,虮虱似珠串"。至于王安石因从不洗澡,而导致"垢面乱发,衣服生虮虱",似乎已成为宋朝一景。王安石不事修饰、蓬头垢面在朝廷是出了名的,他身上的虱子也跟着出名:"居政府时侍朝,有虱自荆公襦领而上,直缘其须。上顾之甚笑。公不知也。朝退,同行王禹玉指以告公。公命去之。禹玉曰:'未可轻去。请一言颂之。'曰:'屡游相须,曾经御览。'荆公为解颐。"⑲这

被后人视为"缘衣虱懒拾"的典型。和王安石有一拼的是一月中有半个月不沾水的嵇康。"一月十五日,头面忘洗梳",结果自然是虮虱缠身。既然"竹林之虱永依中散之身",为了捉虱方便,宁可远离官场。嵇康避世乃至愤世,除了那些不言而喻的政治、人性因素外,虱子或许也是一个实际考量。回归自然的形上追求,也需要尽量祛除虱子滋生的形下烦恼。当然不是所有官员都强迫自己必须对虱子与官场作出两难选择。相形之下,还是"坐对大将军,有虱不得打"的人更多。

明太祖朱元璋写过一篇带有政治寓言性质的文章《戒慵儒说》,虚构了一个"从慵其体而为垢"的儒生,结果虮虱遍体,"其慵者宵昼不得自由,彼时指无完甲,肌无完肤"。虽然儒士"起居无宁,搔衣搜首,略不少暇",但仍然苦不堪言,"身疮首虱,肌肉臑动,发根水生,无可奈何"。最后一货疗药者给一方:"日一沐浴而三利,栉其毫。螟之虫畏汤,而必舍毫根而解去。首发不蓬,梳篦勤临,则垢螟之虫畏梳篦而亦解,无患矣。"不逾月而虮虱尽消。

破衣生虱,乱发多虱。人悉知儿童头多虮虱,

却不知官员头生虱也是官场一景。嵇康的"疎懒虱不除,了饮发任乱",阮籍的"蓬首本非浣,衣虱频自搔"早已为君主所头疼。所以朝廷一般都会禁止官员上朝时衣冠不整。这既是出于维护朝廷礼仪和官员威仪的礼制需要,也是要求官员需保持身体清洁的卫生习惯。但也有人反过来"标新立异",借以邀宠。明朝有个叫黄麟的古怪官员,为吸引皇帝眼球,"一日,乱发敝冠以朝,上命械系之。麟应声曰:'发乱冠不正,头中虮虱多。若能皆剃尽,愿唱太平歌。'上解其意,宥之"[20]。

出门在外或外出做官的人,身上的虮虱也同仕途宦海一样波涛汹涌。一般说来,长途跋涉的人都是"头多虮虱,面目多尘",身上除了灰尘就是虱子。古人所谓"读万卷书,行万里路",现在想来,其实并不惬意,更不浪漫。除了交通不便、舟车不适外,最令人烦恼的是卫生条件不好。沿途所至,大小旅舍几无无虱者,而且虱肥量大,更是常态。清初曾有遗民游至西北,感受尤深,土炕上的虱子,"大如瓜子,多至可掬,一土床藏可数升";炕不可睡,"移衾绸卧地上,则从屋椽间自坠下,如雨雹密洒,历历有声"。[21]所以,天涯游子回家的第一

件事估计就是沐浴更衣。"少小离乡老大回,乡音难改鬓毛衰"的贺知章,身上虱子一定少不了,尽管他的诗歌很抒情,可难掩身上虮虱的骚动。

为了除虱,人们动了不少脑筋。从日常经验中,人们知道蕲簟,也就是用大蕲竹劈篾编成的簟子可以防、除虮虱。白居易形容蕲簟:"滑如铺菡叶,冷似卧龙鳞。清润宜乘露,鲜华不受尘。"蕲簟之所以"为席上珍",不仅因为它可以祛暑,还因为它有除虱之功。韩愈睡在蕲簟上,顿有"肃肃疑有清飙吹"之感,甚而竟生"倒身甘寝百疾愈"之喜。

不过,最常见的做法还是在自家院子里种植一些能祛除虱子的草木。比如,"古人藏书辟蠹用芸"[22]。芸草"谓之芸蒿,似邪蒿,而香可食。其茎干婀娜可爱,世人种之中庭。故成公绥赋云:'茎类秋竹,叶象春栲是也'"[23]。芸草俗称"七里香",因有"藏书辟蠹"之效,深得古人喜欢,北宋重臣文彦博家就种有不少七里香。由于阁衙门里也有虱子,有些官员就在官衙里面也种上了祛除虱子的草木。据沈括回忆,他在招文馆上班时,从文彦博家弄来了几棵芸草,"移植秘阁后,今不复有存者"[24]。不过,在欧阳修看来,虽然虱子可恨,但比

蚊子还要好些。他在《蚊子诗》中说："蚤虱蚊虻罪一伦，未知蚊子重堪嗔。"有些地方竟然有官员被蚊子咬死："秦州西溪多蚊子，使者按行左右，以艾烟烘之。有厅吏醉仆，为蚊子所啮而死。其可畏有如此者。"[25]宋代姚勉在《嫉蚊赋》中也表达了类似的看法："彼虫类之啮人，固有蚤而有虱。或傍缘而肆侵，或跳梁而逞黠，然皆缄口无声，潜伺窃发。独尔蚊之可憎，翁喧噪而强聒。如自鸣其得志，曾不思其苟活。此其为患之最深，而国人皆曰可杀者也。"他认为不声不响闷头吸血的虱子好过嗡嗡乱叫的蚊子。

一般说来，在古代官衙中，官员的办公条件和居住环境相比于民众当然是好的，但仍然免不了遭受蚊、蝇、蚤、虱的袭扰。所谓"挂腐鼠于书斋之内，谓辟蝇营；避飞蚊于锦被之间，有如龟缩；吃带糠糙米粥，啜无盐淡菜羹；猫儿常宝玩于房中，虱子任珠悬于衣上"[26]。南宋名臣王十朋表弟万大年宿于郡斋而为"三害"所苦，"夜不安寝"，以致不得不半夜三更"披衣起呼皂"，大动干戈，倾力围剿。面对官舍如此的卫生条件，王十朋感叹道："禽鼠磔其尸，驱蚊熏以草。炽炭烘衾裯，虮

虱亦俱薨。三害稍稍除，高眠起忘早。我时寝凝香，清梦到穹昊。"

官场也是虱窝。由于官员们习惯于与虱为伴的日常生活，所以他们也常在吏事中援用虮虱为喻。王安石初知常州，就向梅尧臣大吐苦水，梅尧臣调侃地开导他："到郡纷然因事物，旧守数易承蔽藏。搜奸证谬若治絮，蚤虱尽去烦灂汤。"[27]

官员们的休闲时光往往是在灯红酒绿的妓院度过。温柔乡里也有虮虱。头发长的生理特点使得女人身上虱子更多。再加上职业所致，妓女们身上的阴虱特别多。[28]这使得吃身体饭的妓女们非常烦恼。唐朝有个叫金子的妓女"忌虱尤甚。坐客乃竞征虱、挈鼠事，多至百余条"，有好事的客人便"戏摭其事，作《破虱录》"。[29]这可能是中国历史上专门记载捉虱子的唯一书籍。"狂客还寻《破虱录》，清童解答野狐禅。"[30]这也因此成为诗人津津乐道的艳谈。

对于使臣来说，身生虮虱却是别有它故。北魏皇帝派于什门出使燕国，因傲慢被扣留，"久之，衣冠弊坏略尽，虮虱流溢。（慕容）跋遗之衣冠，什门皆不受"[31]。大概于什门要以虮虱为武器，

031

来表示自己的坚贞不屈。还有一些国外使臣来中国，或许"入中国则中国之"的环境使然，身上也会生虱子。最奇怪的就是倭人，其葬礼后，"举家诣水中澡浴，以如练沐。其行来渡海诣中国，恒使一人，不梳头，不去虮虱，衣服垢污，不食肉，不近妇人，如丧人，名之为持衰"[②]。其风俗着实令人匪夷所思，可见中日两国颇有以虱相异之意。

三、百姓身上的虱子

至于一般百姓人家，限于生活条件，他们祛除虮虱的唯一办法就是等天气好了赶紧把爬满虮虱的衣衫洗净晒干。至于常遭虮虱噬咬之苦那肯定是免不了的。瘦骨嶙峋还要被迫忍受虱咬，更是"无肉畏蚤虱"的双重折磨。

南齐卞彬曾作《蚤虱赋》。序曰：

余居贫，布衣十年不制。一袍之缊，有生所托，资其寒暑，无与易之。为人多病，起居甚疏。萦寝败絮，不能自释。兼摄性懒惰，懒事皮肤，澡刷不谨，澣沐失时，四体氄氄，加以

臭秽。故苇席蓬缨之间,蚤虱猥流。淫痒渭
濩,无时恝肉,探揣摸撮,日不替手。虱有谚
言:"朝生暮孙,若吾之虱者,无汤沐之虑,绝
相吊之忧。"宴聚乎久襟,烂布之裳,服无改
换,搯啮不能加,脱略缓懒,复不勤于捕讨。
孙孙息息,三十五岁焉。(梁·萧子显《南齐
书》卷五十二)

史家评论"其略言皆实录也"⑧。卞彬在对自
己生活的叙述中,令人印象深刻的是虮虱对他造
成的日常烦恼,以及他对虱子的观察和感觉。这
种描述得到了史书的肯定,说明卞彬对虮虱的描
写具有相当的普遍性和广泛性。到了宋朝,人们
的居住条件似乎并没有得到明显改善,蔡戡仍然
因"每夕困于蚤,寝不获安,心窃愤之",于是就据
卞彬《蚤虱赋》而作《蚤赋》,"因述其见虐之状",
认为跳蚤其虐"甚裈中之虮虱"。但他却不知虱病
生疮更为严重,甚至能要人命。

孝子身上的虮虱是古代生活中的一道特别
的景观。古人对此的津津乐道无疑是出于宣扬孝
道,但它确实反映了古人生活环境一个很重要的

特点。古人生活环境本来就易于虮虱生长,由于孝子或孝女尽心服侍老人或病人,无暇顾及自己的身体和卫生,再加上某些孝子为了借此扬名而刻意蓬头垢面,不事清洁,这种种情况都加剧了虮虱大量生长和繁殖:

母病昼夜炼药,奉淖糜以进,衣久不脱,虮虱丛生其间。(明·宋濂《故孝友祝公荣甫墓表》,《文宪集》卷二十四)

母……郁郁成疾,凡三月余,有年之间,医祷荐汤药,无间昼夜,蚊蜗虮虱,狃食之。(明·王世贞《王处士有年暨冯令人合志铭》,《弇州读稿》卷一百十七)

(谢君)母病,君旦夕侍卧起,三年,虮虱盈衣带,至不可扪。(清·陈廷敬《谢府君墓志铭》,《午亭文编》卷四十六)

(毛标)母锺氏连年病疾,标日夜祗奉,诸兄悉寝,唯标在母床侧。随呻吟之声,至于枕前,衣不解带,蓬头垢面,虮虱盈身,曾不搔视,亲戚大嗟异。(《太平御览》卷四百一十四,"人事部"五十五)

（张君）母夫人疾，昼夜侍粥药。衣垢生虮虱，不解带。（**元·贡师泰《赠奉川大夫中书兵部郎中飞骑尉天台县男张君墓表》,《玩斋集》卷十**）

（王晴川）父病而暑旦夕蝶伏床头，侍汤药，衣带生虮虱不解，居丧毁瘠骨立。（**明·王世贞《赠王晴川六十序》,《弇州续稿》卷三十八**）

贞妇孝女也是如此。唐朝贾直言流于岭徼，其妻"一志事姑，鬘髻绝膏沐，自三二年，虮虱蔽其肉，厥后如枯蓬之植燥土，无复虮虱。迨十五载，直言遇赦归，妻始一沐其髻，自断绝堕于泔盆，终为秃妇"[34]。明朝女子张淑正"事先淑人，如女事母，先淑人尝久病，发腪虮虱生焉，气羸不胜栉，以口啮而去之，傍观有难色"，张淑正却浑然不觉。[35]

有些孝子在父母死后哀痛过度，长时间不换衣裳，还有些孝子为父母长时间守丧，基本的卫生条件都不讲究，这使得虮虱生长和繁殖成为可能。比如，明朝方志学家韩邦靖在其父死后，"哀毁几死，水浆三日不入口。未葬之，三月席草，枕块枢下，腰绖不除。时盛夏，虱虫丛积，振衣跃落，形瘁骨立，见者泣下"[36]。又如，清朝官员王厎在其

035

母死后,"擗踊而哭,水浆不入口,三日既归,血渍于缫幕之上,夜不解经,虮虱尽生,蓋未练而卒"[32]。

各地气候和地理环境不同,虱子种类和活动习性也不同,人们祛除虮虱的方法自然也就不同。古人对此做过粗略比较:"北京多虱,畏之者以床置室中央,水舂戴其足,虱不能至矣,然犹群聚于梁以下。"[38]明朝周王朱橚根据自己在京城生活的经验,提供了一个治壁虱的简易方法:"予独居亲用,自到京师,家人共有三十余口。每到宿卧,坐地,必上下用纸糊,无一空处。尝烧香至睡,床坑上俱无其物。盖在人自爱洁净,收拾铺盖,常时捡复,并不曾见有壁虱。其余离远,各房未免竟无。"[39]

从各地风俗看,虱子也在其中扮演了一个不可或缺的角色。庐陵、南康、宜春、豫章四郡风俗颇同。"然此数郡往往畜蛊,而宜春偏甚。其法以五月五日聚百种虫,大者至蛇,小者至虱,合置器中,令自相啖。余一种存者留之。蛇则曰蛇蛊,虱则曰虱蛊。行以杀人,因食入人腹内,食其五藏,死则其产移入蛊主之家。"[40]

在几乎人人皆有虱子的时代,身上不生虱子那是令人向往的奇迹。正因如此,古人有关不生虱子

的说法中都充满了各种离奇古怪的行为和奇遇。

（江泌）性行仁义，衣弊虱多，绵裹置壁上，恐虱饥死，乃复置衣中数日间，终身无复虱。（唐·李延寿《南史》卷七十三）

福州有丐者陈毡头，不知何许人。衣裳垢弊，不与人接语，形容尤极秽浊。然未尝梳发，而头无虮虱；未尝澡浴，而身不臭。多处于安泰桥之西，偏以破絮自蔽，仅能容膝，口中常吐一物于掌，莹白正圆，玩弄不已。或为人所窥则笑，而复吞之，盖内丹也。（清·郑方坤《全闽诗话》卷十一）

王沂公之先为农，与其徒入山林，以酒行。既饮先后，至失酒，顾草间有醉蛇，倒而捋之，得酒与血，怒而饮焉。昏闭倒卧，明日方醒，视背傍积虱成堆，自是无虱终身。（宋·陈师道《谈丛》，《后山集》卷十九）

四、士兵身上的虮虱

战场的恶劣环境使得士兵成为身上虱子最

多的人群之一。"戍士蚍虱"几乎成为结伴而生的两类东西。官兵一般都要等到战事结束或休整时,才有机会洗澡除虱。这样,"起兵直使甲胄生蚍虱"[41]使得军人对虱子的熟悉和亲切程度可能超过其他人群。如此,蚍虱便成为他们信手拈来、脱口而出的常用比喻。这里有两个例子。

其一,史载巨鹿之战前,楚军将领之间对战略方向发生争执。"项羽曰:'吾闻秦军围赵王巨鹿,疾引兵渡河,楚击其外,赵应其内,破秦军必矣。'宋义曰:'不然。夫搏牛之虻,不可以破蚍虱。'"[42]诸家解说围绕蚍虱在比喻中的真实含义作了反复辨析,颇有意趣。《史记集解》引如淳曰:"用力多而不可以破蚍虱。犹言欲以大力伐秦,而不可以救赵也。"《史记索隐》引韦昭曰:"虻大在外,虱小在内。"苏林曰:"虻喻秦,虱喻章邯等,言小大不同势,欲灭秦,当宽邯等也。"颜师古曰:"搏,击也,言以手击牛之背,可以杀其上虻,而不能破虱,喻今将兵方欲灭秦,不可尽力与章邯即战。或未能禽,徒费力也。"[43]顾炎武另有所解:"虻之大者能搏牛而不能破虱,喻距鹿城小而坚,秦不能卒破。"诸家意思颇为曲折。其实就是说,不

能因小失大。倘若用力失当，必然顾此失彼。

其二，新莽时，校尉韩威向王莽请战："以新室之威而吞胡虏，无异口中蚤虱。臣愿得勇敢之士五千人，不赍斗粮，饥食虏肉，渴饮其血，可以横行。"⑭

"攻战无已，甲胄生虮虱。"⑮战争中，无论普通士兵还是贵胄帝王，都免不了虱子的频繁骚扰。

某种意义上，战场似乎是催生虮虱的天然牧场。对此，诗人的感悟尤为深刻。"将军竟何事，虮虱生刀鞬。"⑯"虮虱生介胄，将卒多苦辛。"⑰"事势蹉跎岁月缓，枕戈卧铁虮虱满。"⑱"少年生长在边城，介胄南征虮虱生。"⑲

至于史书上有关虮虱伴随士兵的记载，亦是屡见不鲜。"有黩武佳兵之志，无吊民问罪之举，徒使虮虱生于甲胄，肝脑横于原野，览之信史，良有悲夫。"⑳从战国至明清，代代不绝。

战国——"诸侯恣行，强陵弱众暴寡，田常篡齐，六卿分晋，并为战国。此民之始苦也。于是，强国务攻，弱国备守，合从连横，驰车击毂，介胄生虮虱，民无所告愬。"㉑

楚汉之际——"高祖……一日之战，不可殚记。当此之勤，头蓬不暇疏，饥不及餐，鞮鍪生虮

039

人西按察司去城尚远，城外有中官之庄，成化间有庄客每黄昏昧爽之时，见一物如"轮囷"状，暮着飞入城，司狱司中，晨则飞过庄以户，京知所向。一日，特踪迹其址，见山穴中降土气盈穴，可三尺后，意每京能飞也。且杀之以试，遂以沸汤灌死。晚则轮囷之物氤氲。如信其子之入狱中以咀人，曰则潜形中也。

有时监审乱子之多超平

人身有虫

相心虫

虱,介胄被沾汗。"㊿

东汉——"连年拒守，吏士疲劳，甲胄生虮虱，弓弩不得弛。"㊼

三国——"连年战伐，而介胄生虮虱。"㊾

西晋——"太康之初，吴寇新殄，未盈一纪，干戈已寻，虮虱生乎甲胄，燕雀处于帷幄。"㊿"暴甲三年，介胄生虮虱。"

南朝——"沈文秀守东阳，魏人围之三年，外无救援，士卒昼夜拒战，甲胄生虮虱，无离叛之志。""寇扰壖场，譬犹蚤虱疥癣，虽为小疴，令人终岁不安。"

五代——"陛下十五年，仗义兴兵，为雪家仇国耻，甲胄生虮虱，黎人困挽输。"

明代——"以其军随总兵徐国公征取陕西时，两军人马甚盛，方事仇杀，夹武功、东川两阵，思齐在其东思道垒，西日数挑战，蓐食以俟。曾不少懈衣甲，虮虱生身，而疮不恤也。""随大军进拔台城，先登授管军总管，继升统军元帅，攻围常州。身犯矢石，昼夜不解衣，甲为生虮虱。"

清朝——"一朝有急，飞羽驰传，上警乘舆。今有贲育之强，防风长狄之广大。虮虱龁其股，蚊

041

虮嚼其指。曾不得枕卧，与其临事。"⑫

五、囚犯身上的虱子

限于医疗卫生条件，比如古代监狱里没有洗澡间，再加上狱方对囚犯的恶意惩罚，比如不允许犯人频繁更衣和定期沐浴，这使得监狱成为虮虱丛生的主要场所。正如唐朝沈佺期《被弹》一诗所谓"穷囚多垢腻，愁坐饶虮虱"，在某种意义上，虮虱已成为监狱的特有标志。清人嵇留山在狱中，"蓬首垢面，械锁银铛，寒暑燥湿，虮虱蚊蚋，攒噆之苦，靡不徧尝"⑬。明人李颖代父入狱，"寝处于赭衣、虮虱之间者六载"⑭。北魏时，于简"为谒者，使喻冯跋"，"既见拘留，随身衣裳败坏略尽，虮虱被体"，这样在监狱一待就是二十四年，太武帝拓跋焘褒奖说："虽昔苏武何以加之。"⑮

有时监牢虱子之多，超乎想象，甚至达到神奇的程度。古人记载过一件发生在明代监狱中的离奇事件：

山西按察司去城不远，城外有中官之

庄，成化间看庄者，每黄昏昧爽之时，见一物如小轮囷状，暮飞入城司狱司中，晨则飞过庄山之后，不知所向。一日特踪迹其处，见山穴中壁虱盈穴，可三五石，意虱不能飞也，且杀之以试，遂以沸汤灌死，晚则轮囷之物无矣。始信其虱之飞入狱中以咀人，日则潜形山中也。（清·陈元龙《格致镜原》卷九十七）

对此，古人深信不疑，认为外面的虱子成群结队飞入监牢噬人完全可能，所谓"况物众有神，是亦可以飞也"。

既然监牢差不多就是中国古代社会虱子最多的地方，犯人自然成为遭虱子噬咬最厉害的人群。许多人在提及囚犯时，往往都少不了强调这点。苏辙在给宋神宗的奏折中批评新法带来的一系列弊端，其中，提到了官府借口推行新法而强征暴敛搜刮民财的酷政："至于籍没家产，杻械生虮虱而不得脱者，臣愿陛下降哀痛之书。"[66]一场新法，无数民众锒铛入狱，结果便是枷锁披挂，虮虱丛生。

对那些坐过监狱或被囚禁过的人来说，记忆

犹新的不仅是酷刑和虐待，还有被虮虱噬咬的经历和感觉。在这方面，明人的观察和叙述更带感情。徐渭回忆说："余抱桔就挛，与鼠争残炙，虮虱瑟瑟，然宫吾颠，馆吾破絮。"[67]"所对者，拳桎绁锤诸械；所见者，白日走群，鼠争人食；所苦者，虮虱移家，馆吾破缊而已。"[68]罗虞臣回忆说："被系以来，每见狱吏，咆哮心魂。惕悸群与诸囚，括发交手足，关械带索，坐饶虮虱。一月之内，仅能再栉耳。"[69]卢柟回忆说："受木索，婴金铁，坐幽室之内，无日月之明，忘晦朔之变，腥臭触九窍，死尸参肢体。稍解缧绁，伏棘岩之卜。虮虱如流，结发如约。肌理不和，胼胝纷纭之皮，搔之如雪。下夜则槛栅交轧，枕股之会。鼠啸于颅，蝎螫于承，颧百足岐翘之虫，欢愉游戏于肘腋之间。"[70]"陷法象之地，备搒楚之辱……虮虱生于肘腋，胼垢长于肌肤。县衣如鹑，结鬓如茧。"[71]卢柟还在文章中提到了司马迁在狱中的受难经历。这使我们想到，在太史公遭受宫刑的前前后后，身上的虱子一定是少不了的。清朝福建总督范承谟在其遗文中，叙述了三藩之乱时，自己被耿精忠关押在监牢中的情景，其中说到了虱子："约计七百余日之中，

着旧日衣帽,时历寒暑,从未更换。虮虱蚊蝇,恣其攒噬;蓬垢疾病,任其缠绵。"⑫

在某种意义上,犯人给人的印象就是浑身虱子。袁宏道说,他作为一个县官所要面对的三种人里面,就有"虮虱满身之囚徒"。正因如此,一些体恤民情的官员每年都专门下令,让囚犯回家,沐浴祛虱。宋朝有个叫戚密的县官,"每当岁时,与囚约曰:'放汝暂归,祀祖先,栉沐虮虱。'民感其惠,皆及期而还,无敢后者"。古人评论道:"此与唐太宗纵囚何异?"⑬这倒提示我们,唐太宗放囚回家,很可能就包含有让犯人更衣除虱的仁政考虑。

后周太祖在广顺三年下诏,对犯人的不幸、有些犯人的冤情,以及囚犯在监狱中所受到的各种非人折磨表示了怜悯和同情,甚至道歉。他要求官府不得拖延对案件的侦破和审理;判刑时应从宽发落。"宜令官吏疾速推鞫,据轻断遣,不得淹滞。"原则是从快从轻,而不是从重。目的是尽量避免制造各种冤案,同时还要给犯人提供鸣冤叫屈的机会和渠道。后周太祖在这道针对犯人境遇的诏书中,还涉及了一系列实际问题。他指出,应该改善囚徒的困境,包括让犯人有水喝、有饭

吃；如果犯人生病，要允许其家人来探监，如果生病的囚犯没有家人，狱方则要负责找医生诊治，务必避免使其死亡；还应该严格遵守法律，按时释放期满的犯人，禁止制造各种非法理由超期羁押犯人。在这些逐条逐项的具体要求中，后周太祖特别提出了虱子问题，要求狱方要经常打扫牢狱，清洗枷锁，免得滋生虮虱，噬咬囚徒："仍令狱吏洒扫牢狱，当令虐歇；洗涤枷械，无令蚤虱。"此后不久，后周太祖再次昭告全国，重申了他对各地犯人的关心。同时，依然要求狱方勤扫牢房，保持刑具洁净，不使生虱："常令净扫狱房，洗刷枷匣。"此外，后周太祖还特别提醒各地方官员对于"狱吏逞任情之奸，囚人被非法之苦，宜加检察，勿纵侵欺……勿令非理致毙"[7]。看来，虐囚造成的无辜死亡早已是中国监狱难以根除的千年痼疾。

宋朝官员在一本阐述为官之道的著作中，对监狱的黑暗和暴戾有专门论述。其中涉及问题与周太祖诏令中的相去无几，同样包含有对囚犯遭受虮虱之苦的关注和体恤：

狱者生民大命，苟非当坐刑名者，自不

应收系。为知县者，每每必须躬亲，庶免枉
滥。访闻诸县，间有轻置人于囹圄，而付推鞫
于吏手者，往往写成章子，令其依样供写，及
勒令立批出外索钱，稍不听从，辄加捶楚，哀
号惨毒，呼天莫闻。或囚粮减削，衣被单少，
饥冻至于交迫；或枷具过重，不与汤刷，颈项
为之溃烂；或屋瓦疏漏不修，有风雨之侵；或
牢床打并不时，有虮虱之苦；或坑厕在近，无
所蔽障，有臭秽之薰；或囚病不早医治，致有
瘐死；或以轻罪与大辟同牢。若此者不可胜
数，今请知县以民命为念。凡不当送狱公事，
勿轻收禁。推问供责，一一亲临饭，食居处时
时检察，严戢胥吏，毋令擅自拷掠，变乱情
节，至于大辟，死生所关，岂容纤毫。或至枉
滥，明有国宪，幽有鬼神，切宜究心，勿或少
忽。（宋·真德秀《政经》）

注释

①按：至少从西汉开始，皇室贵戚都有厕所
更衣的习惯和做法，可参见《汉书·外戚传》。西晋
时，抢劫致富的官人石崇也在自家如法炮制，凡如

厕者皆与"新衣箸令出"(《世说新语·汰侈》)。一般说来,达到这个生活水准的人家大都不会与虮虱结缘。但也并非绝对,因为皇宫照样生虮虱。

②(宋)罗璧《识遗》卷九。

③(宋)梅尧臣《宛陵集》卷二十四。

④(宋)陆游《剑南诗稿》卷五十一。

⑤(明)胡直《衡庐精舍藏稿》卷十五。

⑥(明)杨维桢《丽则遗音》卷四。

⑦(清)陈元龙《格致镜原》卷五。

⑧(汉)严遵《道德指归论》卷三。

⑨《东观汉记》卷十二。

⑩(宋)李焘《续资治通鉴长编》卷十六。

⑪(宋)黄庭坚《山谷集》卷三。

⑫(宋)黄震《黄氏日抄》卷九十三。

⑬(宋)罗愿《尔雅翼》卷二十六。

⑭(宋)黄庭坚《山谷集》卷四。

⑮(宋)宋祁《景文集》卷八。

⑯(宋)苏辙《栾城集》卷七。

⑰(清)潘永因编《宋稗类钞》卷十八。

⑱《南史》卷七十一。

⑲(明)张萱《疑耀》卷四。

人身有虱

⑳（清）郑方坤《全闽诗话》卷六。

㉑（清）梁份《怀葛堂集》卷一。引自赵园：《易堂寻踪——关于明清之际一个士人群体的叙述》，北京师范大学出版社，2013年，第187页。

㉒（宋）沈括《梦溪笔谈》卷三。

㉓（宋）罗愿《尔雅翼》卷三。

㉔（宋）沈括《梦溪笔谈》卷三。

㉕（宋）袁文《瓮牖闲评》卷七。

㉖（宋）周密《癸辛杂识续集》卷下。

㉗（宋）梅尧臣《宛陵集》卷五十五。

㉘按：虽然阴虱生长有三个途径，但性接触是主要渠道，约占95%以上。

㉙（唐）段成式《酉阳杂俎》卷十二。

㉚（元）李孝光《五峰集》卷十。

㉛《资治通鉴》卷一百一十六。

㉜《三国志》卷三十。

㉝《南齐书》卷五十二。

㉞《太平御览》卷四百四十四。

㉟（明）顾清《东江家藏集》卷四十二。

㊱（明）韩邦奇《苑洛集》卷八。

㊲（清）朱彝尊《曝书亭集》卷三十八。

㊳（清）陈元龙《格致镜原》卷九十七。

㊴（明）朱橚《普济方》卷二百六十八。

㊵《隋书》卷三十一。

㊶《尉缭子》卷二。

㊷《史记》卷七。

㊸《汉书》卷三十一。

㊹《汉书》卷九十九中。

㊺《汉书》卷八十七。下

㊻《东坡全集》卷一。

㊼（唐）王珪《咏汉高祖》,《御定全唐诗》卷三十。

㊽（清）嵇永仁《抱犊山房集》卷一。

㊾（明）何景明《大复集》卷二十九。

㊿《册府元龟》卷二百五十二,"列国君部"。

51《史记》卷一百十二。

52《汉书》卷八十七下。

53《后汉书》卷六十三。

54《三国志》卷二十五。

55《太平御览》卷三百五十五,"兵部"。

56《晋书》卷七十一。

57《资治通鉴》卷第一百三十二。

58《宋书》卷九十五。

59《册府元龟》卷五十七。

60（明）徐纮《明名臣琬琰录》卷四。

61（明）徐纮《明名臣琬琰录》卷三。

62（清）汪森编《粤西文载》卷五十。

63（清）姜垒《秸留山先生传》。

64《江西通志》卷七十。

65《魏书》卷八十七。

66（宋）李焘《续资治通鉴长编》卷三百六十六。

67（明）徐渭《送沈君叔成序》，（清）黄宗羲编《明文海》卷二百九十四。

68（明）徐渭《赠严宗源序》，（清）黄宗羲编《明文海》卷二百八十二。

69（明）罗虞臣《奉霍相公书》，（清）黄宗羲编《明文海》卷一百九十六。

70（明）卢柟《上李东冈推府书》，（清）黄宗羲编《明文海》卷二百四。

71（明）卢柟《上晁春陵书》，（清）黄宗羲编《明文海》卷二百四。

72（清）刘可书编《范忠贞集》卷六。

73（清）王士禛《香祖笔记》卷五。

74《旧五代史》卷一百四十七。

第三章

扪蛇而谈

人身有虱

一、捉虱的场合和乐趣

　　一般说来,平常捉虱主要是指捉人身上的虮虱,至于壁虱等,人们大多不会刻意去抓,所谓"倚床壁虱未堪扪"①。在到处都是虱子的年代,捉虱便成为人们生活中最常见的一种动作。照陆游的说法,人们捉虱就像庖丁解牛那样娴熟:"人忍于抟虱,习熟且解牛。"②在范成大看来,捉虱子甚至比打苍蝇还重要:"扪虱即是忙事,驱蝇岂非褊心?"他在病中还坚持认为:"扪虱天机动,驱蚊我相生。"③扪虱习惯还使人们对衣服产生了特殊的亲近感:"扪虱亲布衣,布衣无所言。"④人们还确信,"团蒲稳坐亦不恶,扪虱工夫趁早晖"⑤。这种生活习性使得捉虱变得自然和必要。显然,无论

夜投东林寺

北风雪夜作，挑灯对山僧

衲衣不堪著

大牛 图

李子攀龙

人身有虱

"扪虱话酸辛"还是"扪虱话良图",都离不开手。就连诗人都忍不住说"诗句肯藏扪虱手"⑥。似乎写诗的灵感就来自于捉虱,美妙的诗句就从捉虱的灵巧手指中自然天成。捉虱即作诗,这可要比李白的"斗酒诗百篇"成本低多了。即便有了挠痒痒的工具,也还要用手来。明蓝仁朝《竹搔背》诗就如此说:"周身寻痛痒,到手助爬搔。野服同扪虱,仙经似伐毛。"这样,手指与虱子的关系便变得格外密切起来。"虮虱在人指掌中行"也就自然成为人们极为熟悉的日常经验。

人们描述下层人时,曾有"小苍头简发,如捕虱状"之类的说法,他们也被称为"卖畚扪虱汉"。文人笔下的世外高人,潇洒浪漫之余,也少不了捉虱:"黄帽钓寒江之雪,青蓑披大泽之云。行随鸟鹊之朝,归伴牛羊之夕。拥百结之褐,扪虱自如。拄九节之筇,送鸿而去。"⑦虱行,鸿飞,一近一远,成为稳逸者生存状态和心境的自我投射。手上有虱,眼中有鸿,扪虱送鸿,一派悠然,堪称绝世虱趣。人们甚至在形容一些壮士时,也忘不了提及这点。比如,李士龙"生而有膂力,身不满七尺,精厉系悍,其膊腕强硬,上可用甲指搯行虱,

057

自幼喜角抵戏,长投石拔距绝等伦"⑧。正因如此,捉虱子逐渐成为人们进行情感交流的普通手段。比如,靠在一起捉虱对于古人无疑会产生一种特别温暖的感觉。"虱于知己扪"传递出来的就是这种今天早已绝迹的人生记忆。有时两个人坐在一起捉虱,还可以捎带着相互挠痒:"但当折简唤我曹,并坐择虱烦抑搔。"⑨一位诗人在给朋友的诗中也表达了这种"扪虱同倚桦"⑩的殷勤期盼。由此增进的亲密感以及激发的亲昵和信任显然非其他方式所能替代。无形中,虱子成为人际交往中和人际关系中的一个必要的纽带。"道士崔白言,荆州秀才张告尝扪得两头虱。"⑪把捉到一只稀奇少见的虱子作为一件值得炫耀的事情告知朋友,可见虱子与人生活的密切程度。

虱子与人生活的密切性主要表现在捉虱子的场合可以说是随时随地。比如,农村常见的鸡窝、院子、麦场、放牛牧羊之处等。稍微想想"牛童趁日贪扪虱",就知道牧童"白昼扪虱眠,清风满高树"⑫,绝不是诗人的简单想象。有的文人将书籍与虮虱放在一起解决:"呼童解袂扪饥虱,趁日开箱曝蠹鱼。"⑬一边晒书,一边督促小孩捉虱,使

天伦之乐散发着某种不俗的雅趣。至于工人干活时顺手捉虱，也不乏见："处州松杨民王六者，以篩缚盆甄为业。因至缙云为周氏葺甄，方施工而腰间甚痒，扪一虱。"⑭僧人云游四方，路上也在逮虱："我行厌风埃，日莫休逆旅。疲坐扪蚤虱，呼童洗袍袴。"⑮诗人旅途中也不忘用火烧虱："垢痒频搔虱欠烘，泥行草宿叹匆匆。"⑯至于乞儿更是捉虱高手。官宦子弟南宫认庵，父母双亡，"沦入乞儿"，"偶倚古寺门，向阳扪虱"。宋朝诗人吕南公在《道傍见乞士捕虱》中描写了乞丐捉虱的完整场景：

夕阳拂西冈，黄淡映古道。

晚风吹高林，病叶落如扫。

饥人瘦于伞，僛默坐沙草。

扶危犹强兴，力惫辄反倒。

还持蓝缕缝，委曲捕虱蚤。

视荒数拈空，杀缓或失脑。

悠然不能罢，似欲锐钩考。

宁思百骸间，群蚁即入保。

傍行笑相顾，慧悟信难早。

059

嚼伤乃知嫌，馁死岂谓好。

方为大销灭，而畏小苦恼。

何有就薪蒸，先愁稍枯槁。

夕阳、古道、晚风、落叶、乞丐、捉虱、悠然、笑语，这些关键词编织出一幅极具动感的画面。

诗人最后没有忘记和乞丐对话："衣青嗔骂贱，发白讳呼老。与尔不同年，谁能共怀抱。"[17]身无分文，依然悠然捉虱，何等逍遥自在。想必陶渊明在"悠然见南山"之余，也不少了悠然捉虮虱。[18]爬到山顶，找棵松树，"抱膝讽吟，踞坐而扪虱"，也是一种享受。胡应麟爬到山顶捉虱，堪称一绝："散发孤峰顶，去天不盈尺。四顾中原空，悠然独扪虱。"[19]最勇敢的捉虱者恐怕是段成式，"虎到前头心不惊，残阳择虱懒逢迎"[20]，扪虱过于专注，老虎来到眼前还满不在乎，更别说迎接客人了。李攀龙回乡路上，"夜投东林寺，北风雪大作。扪虱对山僧，衲衣不堪著"[21]。即便在熙熙攘攘的街头闹市也能轻易看到有人在捉虱："严州城下茶肆，妇人少艾，鲜衣靓妆，银钗簪花，其门户金漆雅洁，乃取寝衣铺几上，捕虱投口中，几不辍手。"[22]

朱元璋在《御制周颠仙人传》中写了一个名叫周颠的异人，在人头攒集的大街上随意捉虱："有时遥见以手入胸襟中，似乎讨物以手置口中。问其故，乃曰'虱子'。复谓曰'几何'，对曰'二三斗'……明日又来，仍以虱多为说。"这种捉虱技能显然具有某种仙风道骨的味道，非凡人所能为。因为按照古人的说法，捉虱时必须聚精会神全神贯注，所谓"俯而择虱，不暇见地。地至大而不见者，锐精于虱也"。

　　由于捉虱是一件司空见惯之事，君主可以相机行事，用它来实施不同意图。比如，可以用它示恩臣子。北齐司马子如"以贿为御史中尉崔暹劾在狱，一宿而发皆白"。司马子如出狱后，解脱枷锁，高欢见之，"哀其憔悴，以膝承其首，亲为择虱"[23]。这就有点意思了。虽然这是高欢对故旧刻意而为的承接旧恩的"驾御勋贵之术"，但君主亲自给臣子捉虱，其含义已非一般的施恩和怀柔。[24]君臣间肢体的亲密接触，或许还有男人们的戏谑话语，捉虱细节无声地滋润着君臣大义。这使得它必然带有一种特殊的感情因素。这种情感交流对臣子心理产生的感恩效应，绝非一般笼络方式

所能比拟。君主还可以借此来考验臣子是否忠诚。《韩非子》写了一个"杀蚤不诚"的故事："韩昭侯搔而佯亡一蚤,求之甚急。左右因取其蚤虱而杀之。昭侯以此察左右不诚也。"君主在众臣睽睽之下,抓耳挠腮,面相显然很不雅观。由于自己身上一个跳蚤跑了,韩昭侯很着急,要求臣子们都来帮忙抓。那些臣子们为了表示自己的能干和忠君,纷纷抓了自己身上的虱子来冒名顶替冒功领赏。既然能以蚤代虱,也就有扪虱得蚤者,宋朝的梅尧臣就曾在诗中写道:"兹日颇所惬,扪虱反得蚤。去恶虽未殊,快意乃为好。"不过这里值得注意的是,战国时期,君臣上朝时身上都是有虱子的。所谓虱子多了不痒,所以他们也就习惯了。如果碰巧,或者想轻松一下,朝廷上的这些君臣们可能还会解衣搔痒,扪虱高谈。

二、扪虱中的清谈和雅趣

古代朋友之间有一个很特殊的沟通纽带,这就是扪虱。在"扪虱之自珍"的同时,人们更渴望彼此交流。"扪虱为谁言"或"有虱对谁扪"都反复

表达了这种强烈愿望。志趣相投之人才有扪虱相谈之乐。也正因如此,朋友之间才会时不时地切磋一下捉虱的心得和乐趣。有时这竟然成了朋友间戏谑和调侃的话题。

捉虱不是一件容易的事。"猛虱恐徒扪"意味着捉虱多少算是一件技术活。"么磨腋胯度朝昏,世务难谭且漫扪。项直手挛难摆布,留君几日处残裈。"[⑳]如果弄不好还会把衣服搞破。"苦扪虱衣破"是必须尽力避免的尴尬。这使得好友间有了彼此交流的迫切需要和强烈冲动。这种交流无需刻意,率性而为才是境界。王乐道曾写过一首《烘虱》,不知是否专门写给王安石的,反正王安石看了特有感觉,马上写了一首《和王乐道烘虱》。王安石在诗中抱怨:"秋暑汗流如炙輠,敝衣蒸湿尘土涴。施之众虱当此时,择肉甘如虎狼饿。咀嚼侵肤未云已,爬搔刺骨终无那。时时对客辄自扪,十百所除才几个。"天气这么热,虮虱又这般疯狂,他实在受不了,可对客扪虱的效果又不佳,捉不住几个,只能用火猛攻:"未能汤沐取一空,且以火攻令少挫",希望借此能让自己睡个好觉。继而司马光又写了一首《和介甫烘虱》,感同身受地表

063

示:"透疎缘隙巧百端,通夕爬搔不能卧。我归彼出疲奔命,备北警南厌搜逻。所禽至少所失多,舍置薰烧无术奈……腥烟焰起远袭人,袖拥鼻端时一唾……但以努力自洁清,群虱皆当远逋播。"显然这三个人都采取了火攻的战术,用烈焰来对付虮虱,而且还是在烈日炎炎的暑季。其苦其乐,由此见之。清人余元甲也作了一首《烘虱》诗:"一炬赤其族,颅焦细黠殒。脐然老奸缩,骤枯是烈祸。宿饕讵净福,众秽荡为烬。瞥眼顿清肃,始知策火攻。绝胜具汤沐,姑息即滋蔓。"厉鹗紧跟着作了《烘虱和葭白》,表示自己不能学猴子择虱("安能学猕猴,择之终日昃"),必须采取猛烈手段消灭虱子,"燎原固足快,歼类似犹恻"。

扪虱而谈是古人交流的一种习见的特殊方式,于是就有了"扪虱客"一说。并非只有"野老自惟扪虱客",许多人都有"扪虱与人言,岂不逢谴诃","扪虱有人谈古道,挥蝇无路透禅关"的体验。与此同时,持有"清谈无用虱空扪"看法的人也不鲜见。也有人认为捉虱不如打猎:"试门扪虱谈,何如逐禽乐。"[26]还有人相当鄙视扪虱,有诗人曾借女人之口责备"借令值客休扪虱"[27]。其实这

些反而表明扪虱而谈相当普遍。虽然"已无扪虱谈兵略",但人们依然"扪虱坐谈端未厌"。不管人们是否"扪虱倦谈当世事",但实际上,"座上高谈同扪虱"可以发生在任何一个有人群的场所和空间,比如家里、寺院、学堂、官舍等。"筑室新成日观前,乱云重叠称高眠。人逢扪虱惊旁若,众望乘驹咏贲然。"^②这种坦腹畅谈的对话方式,很可能与古人解衣扪虱的生活习惯有关。一般说来,人身上的虱子大多集中于腰间,因为这些地方最暖和。这样,解衣捉虱就成为人们最少忌讳而又乐意展示的公开举动。也正因如此,坦腹相见就成为古人之间倾心而谈的正常交流方式。朋友之间、家人之间、同僚之间、君臣之间,到处都能见到这种敞胸露怀、扪腹阔论的亲切情景。你看着我的肚子,我瞧着你的肚皮,指指点点,比比划划,情趣盎然,尽兴而散。这就是古人在虮虱满身的时代最为平常的生活状态。这种生活状态可以从古人有关"问腹"的遗闻轶事中略见一二:

王丞相指周伯仁腹问曰:"此中何所有?"答曰:"此中空洞无物,但足容卿辈数百

人。"伯仁见顾和搏虱不动,指其腹问曰:"此中何所有?"曰:"此中最是难测地。"唐明皇指禄山腹曰:"此中何所有?"答曰:"更无余物,止有赤心耳。"章子厚坦腹问苏子瞻曰:"此中何所有?"苏曰:"此中都是谋反的家事。"苏亦一日坦腹问诸姬曰:"知吾此中何所有?"朝云对曰:"学士一肚皮不合时宜。"同一问也,而周语夸,苏语狎,朝云语隽巧,顾语玄远,禄山语谄佞,最为下矣。(**明·徐应秋《玉芝堂谈荟》卷七**)

围绕肚皮展示出来的这些有趣话题表明,随时随地捉虱子的举动在古代已经发展成为一种坦腹相对的生活习惯。倘若面对面地捉虱子不是一种平常之举,人们也不会对他人的肚皮发生这种奇奇怪怪的浓厚兴趣。在某种意义上,在他人面前解衣捉虱非常类似于妇女在陌生男人面前毫不避讳地为婴儿解衣喂奶的举动。

虽然有人表白"扑虱拍蚊吾不忍",那或许是因为慈悲,或许是因为洁癖。"名人有洁癖者夥矣,亦有以不吉为高者。钱塘陆丽京文采昭烂,吐属

闲雅。客有诣之者,尘羹粗饭,扪虱而谈,亦不觉其秽也。"但对绝大多数名士来说,当着客人面捉虱子,已成为独具人格魅力的风雅姿态和脱俗行径。"狂来能扪虱"使得"扪虱高谈破聋俗"本身就成为吸引眼球的不凡举动。至于"乾竺先生视之笑,扪虱且与残僧谈"或"对客莫思扪虱语,乘风且共跨鲸归",这往往被人看作与"屠龙古技"相提并论的"扪虱奇论"。所谓"扪虱深谈夜色阑,巴川粤海未安澜",这其中既有"脱冠袒裼,扪虱应客"之从容,又有"却忆元戎油幕下,几时扪虱接清谈"之浪漫,还有"傲世时扪虱"之清高,更有"愤世曾闻扪虱语"之嫉俗。"扪虱竟谁见,卧龙兴何长。"㉙"扪虱曾谈天下事,卧龙原是草庐人。"只要想象一下刘备三顾茅庐时,大名鼎鼎的诸葛亮正在百无聊赖地捉虱,这种大煞风景的反差对比该具有多么大的喜剧效果。

至于知名度稍低的众多文人名流,扪虱对客更是习以为常。比如,身为北齐太常卿、中书监摄国子祭酒的邢劭,"士无贤愚,皆能顾接。对客或解衣觅虱,且与剧谈"㉚。古人专门解释说:"此但言抟虱,觅虱也。"㉛意思是,捉虱子就是把虱子一

个一个掐死。又如，明朝江南狂士桑悦调某州博士，山东提学掾至州，悦不为迎。后三日，"悦诣长揖，掾作厉曰：'博士，不当跪耶？'悦前曰：'汲长孺不拜大将军，今明公以面皮相，恐岂寥廓之士可笼之威重耶？'因解绶请去，掾不得已容之。按御史闻悦名，召令坐讲。悦固跣足扪虱，御史不能禁"㉜。再如，王光庵"自晦为清狂，不娶不仕，其貌故以寝。又以药黡面及肘股间，鬌髽短服，行歌道傍。故旧有访之者，辄箕踞扪虱，不相酬对"㉝。还有个焦夫子，"性真率，虽冠盖见之，往往爬痒扪虱腰袴间"㉞。附属中国的朝鲜也有个类似例子。朱悦"不营家产，虽为达官，自奉如寒士"，"性刚直严重，不与世俯仰，疾恶如雠，必厉声大骂。尝以事至相府，听宰相语，坐而不伏。为按廉时，内寺崔仲卿奉使来，以美服夸人，悦衣敝衣，伸脚而坐，扪虱而谈，傍若无人。仲卿惭赧而退"㉟。当然，最为人津津乐道的还是胡汉时代王猛的扪虱而谈：

　　桓温入关，猛被褐而诣之，一面谈当世之事，扪虱而言，旁若无人。温察而异之，问曰："吾奉天子之命，率锐师十万，仗义讨逆，

068

为百姓除残贼，而三秦豪杰未有至者，何也？"猛曰："公不远数千里，深入寇境，长安咫尺，而不渡灞水，百姓未见公心故也。所以不至。"**（唐·房玄龄等《晋书》卷一百一十四）**

这个"扪虱复王伯"的细节在后人眼中，可谓如痴如醉、如诗如画："桓温一老兵，岂识扪虱士。"[36]"上愧饭牛戚，下怀扪虱猛。"[37]"云翻雨覆不须论，扪虱何妨坐对温。"[38]唐朝时已有人将此场面作为绘画题材："《扪虱图》唐人笔也。笔如丝缕，意度精到。"[39]宋元画家更是对此题材情有独钟。宋代画家李伯时率先将"王猛扪虱"画于屏风。[40]宋人《王猛扪虱图》云："剧谈世事灞河滨，奇骨瑰姿两绝伦。却讶秦无豪杰至，坐中扪虱定何人。"[41]元人陈高《题王景略扪虱图》云："头岸乌纱帽，身穿白布衫。英雄如不遇，扪虱对谁谈。"清人嵇永仁以《虮虱》为题，连写三首诗：

王猛雄谈定霸图，怀中扪出只些须。谁教肉相非王佐，只合供他饱饿夫。

扪虱青山乐可图，谈兵定霸亦相须。当

年壮略推王猛，蚕食今知饱病夫。

景略胸中具壮图，笑谈当世偶相须。傲他混浊同鱼目，扪搏谁能识丈夫。

在这些画家诗人中，陆游的体会可能最为深痛。自视甚高的他"扪虱当时颇自奇，功名远付十年期"，但最终无奈表示："管葛逝已久，千古困俗学。扪虱论大计，使我思景略。"他嘲笑自己"未能剧论希扪虱，且复长歌学叩辕"，情不自禁地悲叹"扪虱剧谈空自许，闻鸡浩叹与谁同"，这是因为"扪虱须逢英俊主"[42]。直到明代，皇帝还以此事作为测试廷臣的绝好题目："时帝留意文学，往往亲试廷臣执与，陈观知遇尤异，观以训导入觐，试《王猛扪虱论》，立擢陕西参政，寻召还侍左右。"[43]

三、生死不忘捉虱

文天祥兵败逃亡路上还在捉虱："痛哭辞京阙，微行访海门。久无鸡可听，新有虱堪扪。"即便在被俘之后，他做得最多的一件事还是捉虱。这恐怕是因为囚室环境过于恶劣所致："土围粪秽

不可避,但扫净数尺地,以所携衣服贴衬地面。睡起复坐,坐起复睡,日长难过,情绪奄奄。"此景此情,也唯有捉虱而已:"扫退蜈蚣枕败墙,一朝何止九回肠。睡余扪虱沉沉坐,偏觉人间白日长。"㊹

同样是战败逃跑,有人就幸运多了。南唐孙忌以捉虱迷惑敌人,逃过一劫。虮虱非但不是累赘,反而意外救了他的命。孙忌事秦王从荣,"从荣败,忌亡命至正阳。未及渡,追骑奄至,疑其状伟异,睨之。忌不顾,坐淮岸,扪敝衣捉虱,追者乃舍去"㊺。另一种说法在细节上稍有出入,说孙忌既捉虱又吃虱:"乃踞岸,伪扪虱啮虮,追者睥睨久之,乃去。"㊻其实,古人捉虱子的同时也可能吃虱子。因为古人抓住虱子之后必须进行处理,要么是干脆用指甲掐死,要么是直接放到嘴里咬死。当然也偶有将虱子扔到地上踩死的,比如陆圻"卖药海宁之长安市……制大布宽袍,泪长渍带,断续绳衫裹臂,孙孙子子,虮虱萃有,时扪之掷在地"㊼。

冬天洗衣服不方便,加上棉衣败絮多,故而更容易滋生虱子。这便有了所谓"虱缘"一说。有"虱缘"才有扪虱的兴致和雅趣。捉虱子的同时还

顺带着光着背脊享受一下日光浴。所谓"扪虱冬檐闲晒背"是也。所以有些官员就毫无顾忌地在冬天晒太阳的时候光着身子捉虱子。朝廷高官见了已习以为常，不以为怪：

> 赵仲让为梁冀从事中郎将，冬月坐庭中，向日解衣裘扪虱。因鸱卧，形悉表露。冀夫人襄城君见之大惊，云："北阙下向得一老翁，不洁清，当亟推问。"冀曰："我从事中郎，清高士也。"（宋·高似孙《纬略》卷四）

有人大早起就捉虱，但似乎效果不佳。理学家陈献章曾懊恼地说："晨兴坐扪虱，有客窥我床。客来问何许，颜色惨不光。"这对那些每天都要按部就班地点卯的官员来说，的确是一桩恼人的麻烦事。怙于礼法森严，形格势禁，许多人都不能随随便便地畅怀扪虱。特别是面对上司汇报工作时，更需一丝不苟，正襟危坐。这对一些放浪形骸、不拘小节的名士而言，就是是可忍孰不可忍的事情了。"竹林猖狂事饮锻，扪拨蚤虱无留衣。"[48]他们宁可不做官，也不能不捉虱子。所以，"危坐

恣搔虱,抍时懒作书"的嵇康在说明自己弃官不做的理由时,讲了"必不堪者七",其中第三条就是"危坐一时,痹不得摇,性复多虱,把搔无已,而当裹以章服,揖拜上官"。在他看来,身着官服捉虱,与猿猴无异。所谓"不堪行作吏,章服裹猨狙"[49]。其实这与沐猴而冠也差不了多少。"猕猴本兽属,野性殊不常。俄然脱秽垢,冠盍儒衣裳。"[50]人看猴子戴帽,猴看官员捉虱,正可相互观赏,互为镜像。

当然,绝大多数人还是选择做官捉虱两不误,所以他们尽量在上朝之前把虱子弄净。有的官员就利用上朝路上这段空闲抓紧解决自己身上的虱子问题。顾和为扬州辟从事,"月旦当朝未入,停车门外,周顗遇之,和方择虱,夷然不动。顗既过顾,指和心曰:'此中何所有?'和徐应曰:'此中最是难测地'"[51]。唐朝人讲的晋朝这个故事,到了宋朝已经在关键处有了更为明确的细节说明,充分表明顾和是坐在车中抓虱子的:"和先在车中觅虱,夷然不动。周始见遥过去,行数步复又还,指顾心问曰:'此中何所有?'顾择虱不辍,徐徐应曰:'此中最是难测地。'"[52]

有的官员在官衙闲来无事,就忙着捉虱。"闲

坐喜扪虱"的绝不仅仅是嵇康。李商隐曾对秘阁同僚抱怨"悔逐迁莺伴,谁观择虱时"。一位官员在《官舍闲居》一诗中写道:"负暄扪虱度清昼,未觉岭南官况恶。"[53]唐朝女诗人薛涛在成都官衙作《四友赞》,其中有"磨扪虱先生之腹"一说,似可知官员捉虱是一种颇得诗人欣赏的不俗做派。一些士大夫更有"百家异苑,作劳经史之暇;辄一披阅,当抵掌扪虱之欢"[54]的雅趣。风雅者甚至还别出心裁地为自己专门打造一座捉虱房,唤作"扪虱庵"。石曼卿做海州通判的时候,"于廨后,自作一庵,常醉卧其间,名其轩曰'扪虱'"。王安石很看不惯这种做派,"草制词,极丑诋",所谓"材无任职之能,某披襟当之内,有谋利之实"。似乎石曼卿上班不干正事,专门在裤裆里找事。有趣的是,王安石这话却被世人看作"夫子自道"。[55]说明王安石本人就常常这么干。浑身都是虱子,上班第一件事就是急着择虱,许多时候,这已成为官僚生涯的常态。从朝廷命官到基层小吏,无不如此。一位官员就提到了乡镇衙门里的官吏们捉虱子的情状:"前日之戍乡邑,柳营肃清,不闻喘息声。白日坐堂上,老校数辈,扪虱嗜睡,不肯下村。"[56]

人身有虱

四、捉虱的时令、时间、时机

由于一年四季都有虱子,所以一年到头处处都能看到捉虱子的场景。"终年惟一褐,扪虱又春深。"[57]一件衣服穿来脱去,不知不觉在捉虱中冬去春来。"解衣扪虱,暖趁风来。"[58]说明暖和天气最适合捉虱。"鸟雀声和晴日暖,午窗扪虱坐多时。"[59]好日头,好景致,好心情,好惬意,这一切都通过靠在窗户下面懒洋洋地捉虱这一细节而充分展示出来了。扪虱多与窗户联系在一起,自然是因为窗边光线好。光线足,才能看得清;看得清,才能捉虱准。否则,"虱欺眼暗肆纵横"。如此,"扪虱南窗向日华"便成为古人的经验之谈。尤其是春冬两季,要想享受充足的阳光,只能利用窗口,所谓"稍觉春衣生虮虱,南窗晴日照爬搔"[60],"闲倚南窗贪觅虱,敲门人怪不时应"[61]。可见一旦捉虱兴起,有时连敲门声也顾不上理会。所谓田家之乐亦不过如此。夏天捉虱另有奇妙感觉:"寒宜絮帽蒙头坐,暑称松风洒顶凉。虮虱更无依附处,方知清野策为长。"[62]秋日扪虱感觉照样美妙:"秋光浓

人

身

有

虫

可掬,草色翠相迎。扪虱暮山碧,敲门新笋生。"⑥

　　其实在诗人的观感中,无论春夏还是秋冬,都能从扪虱过程中品味出美。"朝来檐日暖融融,笑看梅花坐扪虱。"⑥在诗意的目光中,捉虱充满奇异的美感。此类的诗情画意自然风雅别致,悠闲潇洒,飘逸浪漫,更符合名士或隐士的气质风范。但对绝大多数人来说,生活常态肯定不是如此。

　　相形之下,"对客扪虱谈,痒多翻成苦""劳生愁万端,不语将虱扪""乱丝心绪尚纷如,时对风檐独扪虱"这些说法倒是更靠谱一些。因为"负薪收芋栗,扪虱曝荆扉""沙头白发翁,扪虱了晨夕""茅屋人家风日好,老翁扪虱傍颓檐"这类描述显然更贴近普通人捉虱的真实心态和实际状态。比如,光膀子捉虱这个细节就非常符合老农或山野人士的习惯和身份,"闭门曝背借余暄,犹得爬搔驱虱蚤"就是很形象的描写。

　　穷人捉虱,诗意无多,但想象力并不差。一位词人写道:"风系浪花生,蛟吼鼍鸣,家人睡着怕人惊。只有一翁扪虱坐,依约三更雪又打,残灯欲暗还明。"⑥南宋周紫芝在《十二月二十六日北墙扪虱》诗中,对自己捉虱的前前后后作了纪实性

的描写:"今晨颇无事,步游古墙根。眷兹万家邑,稍苦三户村。于时积雪散,复值朝阳温。解衣聊自得,班荆与谁言。欸欠良已久,吾虱庶可扪。"隐居深山的史家郑樵在自己的草堂中,利用著书立说的空闲时间,抓紧捉虱:"天寒堂上燃柴火,日暖溪东解虱衣。"黄庭坚在一首诗里,描写了一位居住在乡间的贫寒文人在寒风中,靠着自家院墙,一边捉虱,一边读书的情景:"李髯家徒四立壁,未尝一饭曾留客。春寒茅屋交相风,傍墙扪虱读书策。"这个场面可以与描绘乡村学校的一幅《村学堂图》相对看。有人在这幅画上题写"此老方扪虱,众雏争附火。想当训诲间,都都平丈我",被认为"语虽调笑,而曲尽社师之状"。⑥⑥寒冷的冬天,那些识字不多的老学究还在给学童们传授《论语》,他们一面坐在火炉旁几近曲折地捉虱子,一面近乎恶搞似地将"郁郁乎文哉"读作"都都平丈我"。他们或许就是人们说的"扪虱才堪童子师"。南宋诗人方岳告诫儿子,天冷时就待在屋里,"砖炉坐扪虱"⑥。看来冬季围炉捉虱是许多人家必做的一件重要事情。

其实,在普通人家,为子捉虱还是母子情深

的一种具体体现。这是因为儿童头上虱子较多的缘故。"吾儿久失怙,发括仍少栉。曾谁具汤沐,正尔多虮虱……蒸如蚁乱缘,聚若蚕初出。鬓搔剧蓬葆,何暇嗜棃栗。"[68]提起母爱,人们爱说"慈母手中线,游子身上衣。临行密密缝,意恐迟迟归",却很少意识到"虱添慈母线"这种母爱的细腻和无微不至。[69]母亲给孩子捉虱,年复一年,母亲脸上的皱纹一点点多了起来,孩子也渐渐懂事:金肇基"幼有至性,三岁,母为捉虱,白母曰:'儿吃母乳,无异虱吃儿血。'遂自断乳"[70]。作为许多人共有的一种人生经验,人们也用它来比喻和形容某些别有意味的东西。唐朝舍人齐处冲"好瞑目视",竟被人起了一个"暗烛底觅虱老母"的绰号。

　　无论昼寝还是夜眠,都难免受到虱子的袭扰。[71]所以,白昼午休也需要捉虱。韩愈就曾在一首《嘲鼾睡》中写道:"澹师昼睡时,声气一何猥……幽寻虱搜耳,猛作涛翻海。"虮虱夜间更是活跃,人多感觉晚上身子往往瘙痒异常。"入夜无端蚤虱侵"直接影响到人们的睡眠质量。鼾睡时"幽寻虱搜耳,猛作涛翻海"的无穷烦恼必然产生"头虱妨归梦"或"夜眠辍佳梦"的痛苦感觉。这样,夜间就

要着灯烛捉虱,这成为许多百姓家夜里的一件主要工作。在一些大户人家,夜里捉虱子的动静还相当大,需要很多人手和物件来配合,比如灯烛、热水、水盆、火炉、熏笼等。有条件的人家对那些昂贵的皮衣布料,都要定期更换和清洗,甚至一天一换,水洗火烘。

捉虱这种活,女人往往比男人干得更好更利索。特别是一般人家中的老妇人,把夜间捉虱当作一件主要工作。这种现象作为一种非常普遍的风俗,已经深深印入了人们的记忆和意识,以至于成为日常生活中的一个刻骨铭心的独特意象。

明朝诗人凌震用纪实手法写过一首《捉虱》,将妇人作为灯下捉虱的主角来描写。诗人睡觉后,妻子开始对他放在熏笼上的衣服做清理工作。"老妻为捉虱,略与捕贼同。"妇人手法熟练的就像老练的捕快,将藏在衣缝中的虮虱一个个寻找出来[②]:

> 明灯集女隶,获多者论功。
>
> 先之以缘督,次则杀缝中。
>
> 旁搜与奥讨,指殚兼牙攻。
>
> 声言具汤沐,会使巢穴空。

灯下还有一群女仆,她们各显身手,以捉虱
多者为能。她们逐一搜索,清剿缝隙。手嘴齐上,
掐咬并用。声称要用滚烫的开水将藏有虱子的衣
服全部清洗。在女人们合力围剿蚊虱的过程中,
躺在床上的诗人并未真正入睡,而是默默地倾听
着这一切动静,浮想联翩,充满了对蚊虱的鄙视
和谴责:

> 我闻虽不语,惭恧无地容。
>
> 彼贵寝狐貂,彼富锦绣蒙。
>
> 旬更月必换,日夕沉水烘。
>
> 何缘有胎媒,使汝得潜踪。
>
> 乃我衣垢敝,遂为汝所宫。
>
> 澣濯既不时,炀灶亦何功。
>
> 再思也不然,肉甘汝攸从。
>
> 昔有嵇叔夜,矫矫其犹龙。
>
> 又有王景略,古所谓英雄。
>
> 伊岂乏富贵,汝视如寒穷。
>
> 侵肌咂肤理,戢戢攒钴锋。

诗人最后风趣地表示:"爬搔未始歇,扪撮当王公。吾何为汝讳,不汝饥馁供。"终于完成了一幅其乐融融的捉虱图。

注释

①(明)吴宽《家藏集》卷十三。

②(宋)陆游《剑南诗稿》卷五十。

③(宋)范成大《石湖诗集》卷二十四。

④(元)丁复《桧亭集》卷二。

⑤(宋)李若水《忠愍集》卷三。

⑥(宋)陈造《江湖长翁集》卷十四。

⑦(宋)孙觌《西徐上梁文》,《鸿庆居士集》卷二十八。

⑧(明)杨维桢《东维子集》卷十二。

⑨(宋)吕本中《东莱诗集》卷三。

⑩(宋)晁公遡《嵩山集》卷八。

⑪(清)陈元龙《格致镜原》卷九十七。一说,"荆州张典兵曾扪得两头虱也"(明·李时珍《本草纲目》卷四十),不知是否为同一人。

⑫(元)揭傒斯《文安集》卷四。

⑬(宋)徐积《节孝集》卷十八。

⑭(宋)洪迈《夷坚志》丁卷八。

⑮(宋)觉范《石门文字禅》卷五。

⑯(元)方回《桐江续集》卷十四。

⑰(宋)吕南公《灌园集》卷一。

⑱按:笔者相信陶渊明不光是"采菊东篱下,悠然见南山",还会"捉虱东窗下,悠然见南山"。佐证这点并不难。元人刘鹗《过高氏十里庄》提供了一个富于联想性的画面:"乘风高柳下,扪虱老松林。浊酒陶真趣,清泉洗此心。"(《惟实集》卷五)

⑲(明)胡应麟《少室山房集》卷七十。

⑳(宋)洪迈编《万首唐人绝句》卷四十四。

㉑(明)李攀龙《沧溟集》卷十二。

㉒(宋)庄绰《鸡肋编》卷上。

㉓《北史》卷五十四。

㉔按:这显然是一种胡人的行为方式或胡化的生活习性。此外,君臣之间捋胡子也是胡人中常见的动作。君臣之间互捋胡子,南朝也有,但不如北朝常见。且此前汉人君臣向来无此习惯动作,可见应是受北朝胡人影响使然。这属于典型的君臣之间的肢体接触和身体语言,意即"亲如一家""亲如兄弟"。唯有君臣双方达到了亲不见

外的程度,才能互扪胡须。胡人的亲密无间和汉人的亲近有度确乎有别。汉文化强调"男女授受不亲",并非限于男女,也包括男人之间。所以汉人礼仪向来要求在身体之间保持距离。扩展到君臣关系,即便再亲昵,也要有分寸感,断不会有胡人这种君臣捉虱之举。

㉕(清)刘可书编《范忠贞集》卷五。

㉖(元)张宪《玉笥集》卷五。

㉗(宋)李新《跨鳌集》卷九。

㉘(宋)祖无择《龙学文集》卷二。

㉙(宋)程公许《沧洲尘缶编》卷四。

㉚《北齐书》卷三十六。

㉛(宋)高似孙《纬略》卷四。

㉜(清)吴景旭《历代诗话》卷七十六。

㉝(明)王世贞《弇州续稿》卷一百四十六。

㉞(清)曹学佺《蜀中广记》卷一百三十。

㉟《朝鲜史略》卷九。

㊱(明)刘基《诚意伯文集》卷二。

㊲(元)王冕《竹斋集》卷中。

㊳(宋)李流谦《澹斋集》卷六。

㊴(宋)高似孙《纬略》卷四。

㊵(宋)祝穆《古今事文类聚续集》卷十一。

㊶《御定历代题画诗类》卷三十六。

㊷(元)陶宗仪《说郛》卷八十四上。

㊸《明史》卷一百三十七。

㊹(宋)文天祥《文山集》卷十八。

㊺《旧五代史》卷一百三十一,"考证"。

㊻(宋)龙衮《江南野史》卷五。

㊼(清)朱彝尊《曝书亭集》卷六十一。

㊽(宋)王令《广陵集》卷三。

㊾(宋)梅尧臣《宛陵集》卷三。

㊿(元)王冕《竹斋集》卷中。

51《晋书》卷八十三。

52《太平御览》卷九百五十一,"虫豸部"。

53(宋)黄公度《知稼翁集》卷下。

54(明)胡应麟《少室山房笔丛》卷二十。

55(元)陶宗仪《说郛》卷三十一上。

56(明)程敏政《新安文献志》卷二十一。

57(宋)陆游《剑南诗稿》卷六十一。

58(宋)周紫芝《太仓稊米集》卷六十二。

59(宋)范成大《石湖诗集》卷三十一。

60(宋)黄庭坚《山谷外集》卷十三。

㉕(元)刘因《静修集》卷四。

㉖(宋)舒岳祥《阆风集》卷八。

㉗(元)刘因《静修集》卷十五。

㉘(明)龚诩《野古集年谱》。

㉙(宋)罗大经《鹤林玉露》卷十四。

㉚(明)田汝成《西湖游览志余》卷二十五。

㉛(宋)方岳《秋崖集》卷十三。

㉜(宋)梅尧臣《宛陵集》卷二十七。

⑥⑨按：在所有动物中，恐怕只有猴群中才有这种类似现象。元代画家颜辉的《百猿图》就画有母猴为子捉虱的情景。一百多个形态各异的猴子中，"坐而为子龁虱者一……其子之戴者负者，行者立者，陟者降者，痒搔背者，舒臂群呼者，坐母首者，惊附母怀者，走挟母腋者，任母背者，倚母扪虱者……亦皆曲尽其态。"（元·戴良《九灵山房集》卷二十）晋代傅玄《猿猴赋》还写了公猴择虱："既似老公，又类胡女。或低眩而择虱，或抵掌而胡舞。"此外，猴子捉虱也是常见的现象，比如五代诗僧贯休就曾在诗中写道："童子念经深竹里，弥猴拾虱夕阳中。"诚如法国历史学家埃马纽埃尔·勒华拉杜里所说："猴子之间相互抓虱子也是爱

抚和社交性的表现。"

⑦《江南通志》卷一百六十。

⑦按：《符子》曰："齐鲁争汶阳之田，鲁侯有忧色。鲁有隐者周丰往见曰：'臣尝昼寝，愀然有群虱之斗乎衣中，甘臣膏腴之肌，珍臣项膂之肤。'"人们大白天睡觉，也要被虱子骚扰和噬咬。这类政治寓言，其实包含有极为常态化的生活经验。作者之所以能借助生活经验说事，说明这种经验的普遍性，人们都能明白这种日常经验所阐发的道理。

⑦按：将捉虱比作抓贼，是古人常用的一个意象。《咒蚤虱》云："蚤虱食几何，讨捕恐已酷。"（清·姚之骃《元明事类钞》卷四十）

第四章

人虫关系

人身有虱

一、古人食虱

古人云:"夫清八荒者,不咀虮虱也。"①但中国人身上的虱子在没有完全消失之前,吃虱子一直都是中国人生活中常见的不良习惯。"人有多虱,性好啮之。"②有人甚至因为虱子吃多了而得病,所谓"啮虱成症","山野人好啮虱,在腹生长为虱症"③。正因如此,在古代文献中才有诸多的类似比喻。至少在战国时,吃虱子的生活习惯已经进入了人们的话语之中, 并产生了新的比喻。《韩非子》说:"以临东阳,则邯郸口中虱也。"其他用于战争或军事的类似比喻还有:

彭城南北往来,冲吴晋,通联遏楚锋,犹

091

有逼阳口中虱,不由王命。(清·顾栋高《春秋大事表》卷九)

待之数年,一举而破之,若口中虱焉。(明·章潢《图书编》卷一百一十七)

按验有状由此三军,皆跳驱以为邦缘,既就擒,擒它辈,此譬犹口中虱耳。(清·汪森《粤西丛载》卷三十)

任何比喻都源于生活,但这个简单道理并非人人都能明白。有人就对这类比喻感到费解。宋朝的罗愿在《尔雅翼》中引用了三个例子来表示自己的疑惑。其一,应侯对秦王说:"王得宛,临陈阳夏,断河内,临东阳,邯郸犹口中虱也。"其二,新莽校尉韩威说:"以新室之威而吞胡虏,无异口中蚤虱。"其三,曹植说:"得蚤者,莫不摩之齿牙,为害身也。"罗愿很是不解:"三人皆世所尊贵人也,其言乃尔何故?"其实,曹植所说正是对人们吃虱子的一种解释。他认为,人们吃虱子是为了表现对虱子伤害自己身体的一种憎恨之情。

吃虱子是许多中国人的日常经验。这种经验是如此熟悉,以至于成为人们的某种生活乐趣。

啧啧有声的嚼虱子在人们听来是那么亲切有味，竟然成为人们饥饿时的戏谑和调侃："今年东坡收大麦二十余石，卖之价甚贱，而粳米适尽，故日夜课奴婢以为饭，嚼之啧啧有声。小儿女相调云：'是嚼虱子然。'"④同时，吃虱子这种行为又是如此平常，以至于一些衣鲜亮丽的年轻女子竟然可以在大庭广众之下坦然自若地解衣捉虱，吃而嚼之："严州城下茶肆，妇人少艾，鲜衣靓妆，银钗簪花，其门户金漆雅洁，乃取寝衣铺几上，捕虱投口中，几不辍手。旁与人笑语不为羞，而视者亦不怪之。"⑤

文人吃虱子有时是为了追求某种优雅，山民吃虱子则是为了休闲。一位文士写道："余负日茅檐，分渔樵半席，时见山翁野媪扪身得虱，则置之口中，若将甘心焉。"这位名叫"弁阳老人"的文士虽然感觉"意甚恶之"，但仍然表示："则野老嚼虱，盖亦自有典故，可发一笑。"⑥与他们不同，农夫吃虱子有时是因为饥饿："田老锋镝余，仅保骨与皮。犹复望岁丰，迎拜携孤嫠。茹芹敢望饱，无力堪拖犁。嚼虱恒苦腥，饭牛恒苦饥。"⑦虽然虱子不是粮食，但有时可能吃了还管用。所谓"朝炊半粒，昼复得酿，烹一小虱，饱于乡党"⑧。

在中国人的饮食文化中，有以虱子为喻而
"鄙其饮食"的说法，即称那些不怎么样的菜肴为
"虱脑虮肝"，所谓"烹虱脑，切虮肝"。此外还有
"虱胫虮肝"之说："馆于蝇鬓，宴于毫端，烹虱胫，
切虮肝，会九族而同唶，犹委余而不殚。"⑨

二、祛除虮虱

邵雍有诗云："衣到敝时多虮虱，瓜当烂后足
虫蛆。"说的就是去除虱子的必要性。⑩尽管有人
认为"虮虱犹外患"，但古人仍然极为重视祛除虮
虱。古人除虱的方法很多，大体说来，约分六类：
一是使用植物，二是使用药物，三是使用器物，四
是使用杂物，五是使用动物，六是其他方法。

(一)植物除虱法

1."萍有二种，杨花飞时生，五月多死。小者叶
圆而绿，大者叶蹙而紫。味苦臭恶，性大冷。方家
或以疗疮，爇之以熏蚤虱，能坏人衣。"⑪

2.芸草，"古人藏书中，谓之芸香"，俗名"七里
香"，生于仲冬之月，"自春至秋，清香不歇，绝可

玩"⑫。栽园庭间，香闻数十步外，极可爱。"叶类豌豆，作小丛生，秋间叶上微白如粉污。"⑬"山地种之，如百合法，多种为佳，取根捣汁，濯衣令不生虱。"⑭芸草多生江南，南方人常用芸香驱除虱虫："置席下去蚤虱。"⑮

3."昌蒲似蒲，而其味辛，其臭烈，能辟蚤虱。"昌蒲亦名臭蒲。有人在腰间"藏三寸许菖蒲一茎"，便可起到除虱之效。

4.昌阳可去蚤虱。⑯

5."三月三日，取苦楝花，无花即叶于卧席下，可辟蚤虱。"⑰

6."五月五日，熨斗烧枣一枚，置床下，辟狗虱。"⑱

7."油生笮者，良有润燥、解毒、止痛、消肿之功，蒸炒者止可食用，及然点不堪入药……腊月油久放不坏，点灯照蚕辟虫，熬膏药极效。搽妇人头发，黑光不臭，不生虮虱。"⑲

8.竹青似箬，一名水竹叶。"生水中，叶如竹而短小，可生食，能去虮虱，与虱建草、牛扁特同功。"⑳

9."虱建草生山足湿地，发叶似山丹，微赤，高一二尺。味苦，无毒，主虮虱，捣汁沐头，虱尽死。"㉑

10.牛遍，一名遍特，"六月有，八月结实，采其

烹蟲腦
切虯肝

圖

蟲

七里香曰

蠱蟲

熱之以

重

根,捣末油调,杀虮虱"㉒。

11."白果以弥汞,为绳束腰,则身虱尽亡……藜卢末掺发中,虱自落。"㉓

12."草乌蓢□芎姜叶、荞麦秸椿叶、大黄叶铺床,木瓜切片,焚胶枣,涂白果,除壁虱……壁虱生杉木中,谓之木虱,煎麦梗淋水去之。"㉔

13."生姜苗,铺荐席下,去壁虱。"㉕

14."天茄叶铺于席上,次日尽死。"㉖

15."以木瓜切片,铺于席下"可除壁虱。㉗

16.青蒿味苦寒,无毒,杀虱。㉘

17.青葙子味苦,微寒,无毒,杀虱。㉙

(二)药物除虱法

古代一些植物本身就是药物。比如,大黄叶"气味酸寒,无毒,主治置荐下,辟虱虫"㉚;楝花"主治热痱,焙末掺之,铺席下,杀蚤虱"㉛;大空根皮"气味苦平,有小毒,主治杀三虫,作末和油,涂发,虮虱皆死"㉜。至于百部、黄似、芫荽皆可杀虱,雄黄、麝香、巴豆亦可杀虱,还有樟脑也能除虱。但同时,古代医生也发明了不少疗效奇佳的去虱方。比如:"腊月所榨清油……熬膏药大有神效,

妇人搽头黑光,更无虱虮。"③其中,水银用的最多:"虱最忌水银、银朱,以二物熏之,绝迹。"④"人有病虱者,虽香衣沐浴不能已,惟水银可去之。"⑤又比如,"治头虱者,以水银揉发中,其大要在扫洒、沐浴而已"⑥。古人还发明了一种"水银索"。水银不拘多少,"以茶末拌在手心,以津唾研和,令不见星,擦在绵带子上,系于有虱处"③;"束发根去头虱,束腰间去身虱"⑧;"每一条带约三个月无虱"⑨。另外,"水银和鹤虱,末帛揉之为索,系衣自落"④。

(三)器物除虱法

古人身上生虱子的地方大多是毛发茂密之处,像阴毛、腋窝和头发,多有虮虱聚集。有些妓女甚至因阴毛生有虮虱而惹客人不满。至于头发,虽人人皆有,但因头发长短不一,加上洗浴次数有别,有些人头上就很容易生虱子。比如,小孩、女人、老人的头发就比其他人更容易生虱子。"小儿虮虱满黄发"很常见。对于婴儿头上的虱子,一般的做法是,用剃头刀将婴儿头发剃光,"荡然蚤虱无所复依"④。女人则多用梳子来祛除虮虱。由于"发垢栉不下",所以女人只有常洗头,

才能发挥梳子除虱的功能。

在古人的各种除虱物件中，梳子最普通，也最常用。"譬如虮与虱，所贵曰爬梳。"[42]因为梳篦"主疗虱病"。颜师古《急就篇注》云："栉之大而麤，所以理鬓者，谓之梳，言其齿稀疏也。小而细，所以去虮虱者，谓之比，言其齿密比也。"《千金方》有一道疗虱方。"以故梳篦二物烧灰服"可以除虱。据说，在"云南人及山野人"中这种做法很普遍。

"痒头梳有虱，风耳炙闻蝉。"[43]由于人们相信梳子能除虱，所以人们就赋予梳子一种神奇的预测功能，甚至迷信梦见梳子就能驱除虱子。《梦书》曰："梦梳篦为忧解也。其发滑泽，心泰也。虮虱尽去，百病愈也。"相反，梦见虱子则不是件好事："虮虱为忧，啮人身也。梦见虮虱，而有忧至也。"[44]宋人李象先在《禁杀录》中写了一个故事：

薛嵩性慈戒杀，即微细如虱亦不害之。一夕，梦被上虱甚多，渐变为寸许。人谓嵩曰："受君之赆非一日矣，今君有急，正吾侪效命之秋也。"遂列行于被上，须臾皆殒。嵩

099

惊觉,灯火尚明,呼侍儿视之,被上有丝血痕,横广尺余,乃死虱也。嵩不知其故,盖是夜有刺客来害嵩,其人有古剑甚利,著处便破,见血即死。是夜,其人剑一下即见血,以为殊死矣。报其主,相对欢甚。明日瞰之,无恙也。访得虱事,始知其梦。

在用器物除虱方面,古人还有一些今人看来颇为迷信的做法。比如,贴字符于床帏间,可去蚊虱。古人深信,此种说法绝非"妄言"。具体做法是:"口吸北方气,一口吹丁笔尖,写三五寸长黄纸上'敛深渊默漆'五字,置之床席、衣领间,可辟虱虫。"[45]

古人有一种"濯衣令白法",就是"用百部根,挼汁濯衣,甚洁。白胜用皂角,又令不生虱"[46]。根据古人的经验,洗亵衣时,掺入狼毒藜、芦川乌汁,"蚊虱不复生"。另外,"用桐油油纸、油帽搭在衣架上,并房内左右上下皆挂着,其虱自无"[47]。还有,"入松子二三粒,浆衣则不作汗秽气"[48]。人衣少汗,便不生虱子。因为,"人身之虱,本因汗垢,后乃孕滋"[49]。所谓"虱生汗垢,蚤生积灰"[50]。

　　除了人身上常穿的衣服外，家里的常用器具中最容易生虱子的就是床以及床上的被褥席子。条件好的人家"饰床以漆，使蚤虱不侵"。一般人家则把重点放在清洗床褥席子上面。具体做法也很多。一种是用清盐水"遍洗床席"，即绝虮虱；一种是"用独活末，不以多少，铺撒于床褥席上、壁间"，可祛虱。最简便的是，常换凉席也能避虮虱。郑群送给韩愈一张凉席，这对"丰肥善睡""慢肤多汗"的韩愈来说，终于可以免遭虱咬。难怪他喜不自胜地说："青蝇侧翅蚤虱避，肃肃疑有清飙吹。"另外，在一些特定日子晒晒褥子和席子，掸掸灰尘，也就成为古人祛除虱子的习惯做法。"腊月子日，晒荐席，能去蚤虱。"[51]宋代诗人李之仪在《重治寝榻更衣蔬食》诗中有云："抖擞衾裯防垢秽，涮除蚤虱断儿孙。"元朝诗人杨载《败裘》诗亦云："尘埃须浣濯，虮虱费爬搔。"《山居四要》是一本专为山居者提供日常生活指南的书籍，里面也曾提到这种类似做法："自入腊遇上水日，勿令人见，以少水洒荐席毯褥，辟狗蚤、壁虱。"[52]

在某种意义上,所谓杂物除虱都是偏方。比如,烟熏火燎就很有效:"熏衣除虱,用百部、秦芄捣为末,依焚香样,以竹笼覆盖,放衣在上熏之,虱自落。"[53]或"蟹壳烧烟熏之",可避壁虱。[54]"或烧木瓜烟、黄蘖烟、牛角烟、马蹄烟",可避虮虱。[55]另外,"胶枣包金丝烟焚之,壁虱去"[56]。考之《本草》《尔雅》,皆不载金丝烟。金丝烟原产吕宋国,漳州人自海外引入中土,使得福建反多于吕宋。后各地皆种植金丝烟。此烟"醮烟气,从管中入喉,能令人醉,亦辟瘴气,捣汁可毒头虱"。据清人记载,金丝烟在当时相当流行:"今世公卿士大夫,下逮舆隶妇女,无不嗜烟草者,田家种之连畛,颇获厚利。"[57]这从某个方面也说明,家家都有虱子,所以人人都离不开烟草。

所谓杂物,其材料都是一些人人嫌弃的污秽恶心之物。比如,夜明砂(原名天鼠屎,为蝙蝠类动物的干燥粪便)、驼粪烟,可杀壁虱。又如,"用驼粪、白鳝、鱼骨为末,烧之永无。凡新屋未居,先烧之,直至屋坏亦无"[58]。再如,"用蜈蚣、浮萍晒干,烧烟薰之",可去虮虱。[59]还有,裘袄"集尘灰、粘杨花,生蛀若有虱,反裘置霜露中,虱绝"[60]。

(五)动物除虱法

动物除虱的方法也是千奇百怪:"熊皮以为卧褥,永绝虮虱"[61],"黑狗皮褥,壁虱不越"[62],"烧虾蟆可以制蚤虱"[63]。最夸张的是"竹鸡叫,可去壁虱"[64],"竹鸡生江南,川广处处有之,多居竹林,其性好啼……谚云:家有竹鸡啼,白蚁化为泥。盖好食蚁也,亦辟壁虱"[65]。

(六)其他除虱法

除了以上五种除虱方法,还有一些其他有效方法。比如,焚烧衣被:"夫忧栋折榱崩,而先焚其庐舍;恶蚤虱之啮肤,而自烧其衣被也。"[66]又如,温泉去虱:"骊山温泉左为玉女洗头池,沐发者多去疮虱。"[67]当然,在人们的想象中,或依靠人们的古老经验,某些办法也是有效的,比如:"初闻雷则抖衣,曰蚤虱不生。"[68]

三、治疗虱病

在古代，人几乎一生都与虮虱为伴。从儿童时期开始，人头上就生虮虱。这是因为"小儿头栉沐不时则虱生。滋长偏多，啮头遂至生疮。疮处虱聚也，谓之虱窠"。所谓"头多虱生疮"[69]，再加上"人体性自有偏多虱者"[70]，虮虱对人造成的伤害绝非小事。除了一般性大众化的虮虱乱爬、浑身瘙痒外，还有一些因虮虱引发的比较罕见或奇怪的病症，所谓"虱出怪病"是也。

肇其大略，约举数例。一是体内出虱。一个十三岁的女孩，"面色青黄，头左生疖，颈项结核，寒热往来，大便不利"，经医家诊治，"后作泄泻，疖内出虱"。一个男孩"面色青黄，心腹作痛，时欲呕吐。或小便淋漓，或阴茎湿痒"，继而"遍身生疥，出虫虱"，后用"四味肥儿丸、六君子汤"治愈。[71]

一是鹅虱入耳。"一室女近窗作女工，忽头疼痛甚，诸药不效。一医徐察之，窗外畜鹅，知为鹅虱飞入耳中，咬而痛也。以稻秆煎浓汁灌之，虱死而出，遂不痛。"[72]

一是恶虱杀人。"有虫状如蝉形,小而匾,好隐于屋壁及书策中。前有两长足,如蟹螯,触后则旁行,触前则却行。有郑房秀才因揭策见之,不知其有毒也,戏以手指再三拨之,欲观其行,或为所螫痛,卧数日,遇良医治之得愈。医云:'此名恶虱,不治杀人。'"[73]工人王六,"以箍缚盆甑为业。因至缙云为周氏葺甑,方施工而腰间甚痒,扪一虱。戏钻甑成窍,纳虱于中,剡木塞之而去,经一岁。又如,缙云周氏复使理故甑,忽忆前所戏,开窍视之,虱不死,蠕蠕而动。王匠怪之,拈置掌内,祝之曰:'思尔忍饿多时,如今与尔一饱。'虱遽啮掌,心血微出,痒不可奈,抓之成疮,久而攻透手背,无药能疗,遂至于死"[74]。

在这些虱病的疑难杂症中,虱症较为普遍。"人有多虱,性好啮,既多而脏腑虚弱,不能消之,不幸变化生症,而患之者亦少。俗云患虱症。人见虱必啮之,不能禁止。虱生长在腹内,时有从下部出,亦毙人。"[75]据说,虱症世无药可医,"惟千年木梳灰及黄龙浴水,饮之可愈"[76]。虽然孙思邈《千金翼方》"已有此例",但唐人仍以为"千年梳疗虱症为异闻"[77]。《太平广记》中写了一个有关虱症的故

105

事。这个故事表明,唐朝时人们对虱症仍然所知甚少,对诊疗虱症的疗方更是闻所未闻:

　　贾耽公镇滑台日,有部民家富于财,而父偶得疾,身体渐瘦。糜粥不通,日饮鲜血半升而已。其家忧惧,乃多出金帛募善医者,自两京及山东诸道医人,无不至者,虽接待丰厚,率皆以无效而旋。后有人自剑南来,诊候旬日,亦不识其状,乃谓其子曰:"某之医,家传三世矣,凡见人之疾,则必究其源。今观叟则惘然无知,岂某之艺未至,而叟天降之灾乎?然某闻府帅博学多能,盖异人也。至于卜筮医药,罔不精妙,子能捐五十千乎?"其子曰:"何用?"曰:"将以遗御吏、候公之出,以车载叟于马前,使见之,傥有言,则某得施其力矣。"子如其言,公果出行香,见之注视,将有言。为监军使白事,不觉马首已过。医人遂辞去。其父后语子曰:"吾之疾是必死之征,今颇烦躁,若厌人语,尔可载吾城外有山水处置之,三日一来省吾。如死则葬之于彼。"其子不获已,载去。得一盘石近池,置之,悲

泣而归。其父忽见一黄犬来池中，出没数四，状如沐浴。既去，其水即香，叟渴欲饮，而气喘力微，乃肘行而前，既饮，则觉四体稍轻，饮之不已，既能坐，子惊喜，乃复载归家，则能饮食，不旬日而愈。他日，贾帅复出，至前所置车处，问曰："前度病人在否，吏报今已平得。公曰："人病固有不可识者。此人是虱症，世间无药可疗，须得千年木梳烧灰服之，不然，即饮黄龙浴水，此外无可治也。不知何因而愈？"遣吏问之，叟具以对。公曰："此人天与其疾，而自致其药，命矣夫。"时人闻之，咸服公之博识，则医工所谓异人者信矣。

（《太平广记》卷八十三）

此外，虱瘤也相当常见。"有虱瘤发后，其痒彻骨开破，出虱无数，内有极大一虱出，其虱方尽。黑砂、发、虱三瘤外治皆同。"[73]这里有几个"针瘤巨虱"的例子。一是："临川有人瘤生颊间，痒不可忍，每以火烘，炙则差止，已而复然，极以患苦。医者告之曰：'此真虱瘤也。'当剖而出之，取油纸围顶上，然后施砭，瘤才破，小虱涌出无数。最后，一白

一黑两大虱，皆如豆，壳中空空无血，与颊了不相干，略无瘢痕。但瘤所障处正白尔。"[79]

二是："浮梁李生得痒疾，隐起如覆盂，无所痛苦，背唯奇痒不可忍。饮食日以削，无能识其为何病。医者秦德立见之曰：'此虱瘤也。吾能治之。'取药敷其上，又涂一绵带，绕其围。经夕，瘤破，出虱斗许，皆蠢蠕，能行动。即日体轻。但有一小窍，如箸端不合，时时虱涌出，不胜计，竟死。"[80]

三是："辛酉夏，广陵各盐场，天行时疫，人多湿热，病若伤寒，头疼发热，不恶寒身，体痛舌红，昏睡不食，思凉饮。肌黄大便结小便，红医用发散清凉剂罔效。钱亦临症，治复不投，病势数日如故。前后胸背渐长数十瘤，如核桃大，其皮甚薄，以针挑破，每瘤出虱数千，遍抓四处，人人寒禁，莫敢近视，瘤破虱出，调服，后人仿此俱愈。"[81]而且民间还有一些有关虱瘤的神奇传说。有人误食大蛇后，"更不喜闻食气，但觉背膂间肿痒，至不可忍时，就树揩痒，疮破中涌细虱，不知其数……前后出虱数斗，痒止疮复"[82]。

李时珍根据"虱症、虱瘤诸方法"，明确指出"虱之为害非小也"。尤其值得注意的是，李时珍

特别强调"今人阴毛中多生阴虱"。这似乎表明明人的性生活较为开放。比如，黄履素就深有体会地说："人阴毛中生虱……贴伏毛根，最痒恼人。相传此虱不医，延及头发、眉毛，其人当死。治法：以生银杏捣烂，敷合毛上，隔宿，其虱尽死。予少年曾患此，法神效。有友为予言：'生此虱者，运会将否之兆。'予患此之后，抱病十余年，备尝苦楚，其言果验。"⑧

虮虱固然使人生病，同时虮虱也能让人治病，可见人虱关系之妙趣。所谓"虱子多了不痒"，是因为古人已经久病成医，进而以毒攻毒，废物利用。

下附两表，可以看出古人对虱病的治疗以及利用虮虱治病的辩证医术，它体现了中医辩证法的妙用。

（一）疗虱病

虱病	疗方	出处
虱入耳	惟用生油灌之为妙。菖蒲为末，炒乘热，以绵裹着耳边；或菖蒲末炒热袋，盛枕之，即愈。	宋·彭乘《墨客挥犀》卷五；明·王肯堂《证治准绳》卷十七；明·李时珍《本草纲目》卷十九；宋·张杲《医说》卷五

虱咬	百部、秦艽、马铃、草藜、芦苦参一处捣，每衣浆衣着一捻，至老不受虱子咬。水磨朱砂，傅雄黄醋，磨涂。	明·朱橚《普济方》卷二百六十八、卷三百八
人多虱	将及冬，市水银百文、腊茶一大钱于手掌内，以津唾调开，将绵作绳揉匀，外以绢作袋裹之，系于腰间，隔一二重带之，甚妙，须年年易之。用小磁盒将四花于末盒，下用一半，次入丹砂、水银，紧捺，更用知母末，盖盒定赤石脂固缝，盐泥固济，候干一砖，上用醋灰，都裹定炭三五斤，煅顶火炭，尽为度，候冷取出，细研油单裹，垂入井水中，浸三宿，出火气；次先蒸三徧，出水气；次用枣肉丸，如菉豆大，每服一丸二丸，酒下……久服，身中更不出虫虱。	明·朱橚《普济方》卷二百六十八、卷二百六十五
大小儿头、身上遍有虱	用藜芦一两、山柰子一两，研为末，头上掺上，自然落去。入糯子内，和作糊糯，衣袴亦自去之。如水银用茶末、涎津，和作绵绳，系腰亦可。	明·朱橚《普济方》卷二百六十八
头虱	用藜芦为细末，掺擦在发中，经宿，虱子皆干死自落。用麻油调轻粉，涂发。铜青明矾末掺之。水银和蜡烛油揩之，一夜皆死。银朱浸醋，日日梳头；包银朱纸以盎，覆烧之茶，清洗下烟子，揉之	明·朱橚《普济方》卷二百六十八；明·李时珍《本草纲目》卷八、卷九；明·张介宾《景岳全书》卷五十一、卷六十

	包头,一夜至旦,虱尽死。用银朱四五分揩擦厚纸上,点着置一干碗中,上用一湿碗,露缝覆之。其烟皆着于湿碗之上,乃用指揩擦发中,覆以毡帽,则虮虱皆尽矣。用熟水银"烧烟以枣肉拌之",可治头虱。	
阴虱	阴毛际肉中生虫如虱,或红或白,痒不可忍,白果仁嚼细频擦之,取效。或银朱熏之,可愈。	明·李时珍《本草纲目》卷三十、卷四十
阴虱疮	此疮一名八脚虫,生于前阴毛际内,由肝肾气浊生热,兼淫欲失洗不洁,抟滞而成,瘙痒难忍,抓破,色红中含紫,点内宜服芦藜地黄丸,外用针挑破去虱,随擦银杏、无忧散易愈。除水银、杏仁膏共研筛细,再入银杏同研匀,先以石菖蒲煎汤洗之,用针挑破去虱,随用津唾调擦,使药气入内,愈不复发。	清·吴谦等《御纂医宗金鉴》卷六十九
虱症	人啮虱,在腹中生长为症,能毙人,用败篾、败梳各一半烧末,一半煮汁,调服,虱从下部出。用虱建草捣汁,服一小合。发服水银。	清·陈元龙《格致镜原》卷九十七;清·汪灏《御定佩文斋广群芳谱》卷九十七;清·徐大椿《兰台轨范》卷六
浑身虱出	每至临卧,浑身虱出,约至伍升。随手血肉俱坏,每宿渐多,痒痛不可名状。唯吃水,卧在床上,昼夜号哭,舌尖出血不止。身齿俱黑,唇动鼻开。治之,但饮盐醋汤,拾数盏即愈(或"十数日即安")。用五灵脂二钱为末,酒调下。	宋·吴彦夔《传信适用方》卷下;明·李时珍《本草纲目》卷十一;明·朱橚《普济方》卷二百五十五

111

(二)用虱治病

疾病	疗方	出处
倒睫拳毛	眼睫毛倒卷入眼中央,久则赤烂,毛刺于内,神水不清,以致障结,且多凝涩泪出之苦。摘去拳毛,用虱子血点入眼内,数次即愈。	明·王肯堂《证治准绳》卷十六
疔疮	以虱十枚,放置疮上,以荻箔绳作炷,灸虱,上根即出。	明·朱橚《普济方》卷二百七十三
鸡眼	以黑白二虱,发缚置鸡眼上,自消。	清·方以智《物理小识》卷五
大发头热	令脑缝裂开,取黑虱三五百,捣傅之。	明·李时珍《本草纲目》卷四十
脚趾间肉刺疮	以黑虱傅之,根亦出也。黑白虱各一枚,"并涂肉刺。"	明·李时珍《本草纲目》卷四十、卷四中
箭头不出、铁针在肉	以人牙齿垢和虱研涂之,出箭头。以黑虱傅之,可出铁针。	明·朱橚《普济方》卷三百二;清·方以智《物理小识》卷五

注释

①按:一说:"吞八荒者,不咀虮虱。"(宋·潘自牧《记纂渊海》卷五十七)

②(唐)王焘《外台秘要方》卷十二。

③(明)李时珍《本草纲目》卷三十八。

④(宋)苏轼《仇池笔记》卷上。

⑤(宋)庄绰《鸡肋编》卷上。

⑥(清)潘永因《宋稗类钞》卷二十六。

⑦（元）郑元佑《侨吴集》卷一。

⑧（晋）傅咸《小语赋》，（明）张溥辑《汉魏六朝百三家集》卷四十六。

⑨（宋）叶廷珪《海录碎事》卷九上。

⑩按：这里所论主要限于去除人身上的虱子。至于如何去除家畜、花草和树木上的虱子，这里仅举数例。比如："治牛虱，当用苦梗、生鱼汁渍土底，苦酒和涂之。"（《太平御览》卷九百五十一）"治叶虱如白点，以水一盆，滴香油少许抷内，用绵蘸水拂拭，亦自去矣。"（明·文震亨《长物志》卷二）

⑪（清）王夫之《诗经稗疏》卷一。

⑫《御定佩文斋广群芳谱》卷八十八。

⑬（元）陶宗仪《说郛》卷七十四上。

⑭（宋）陈直撰、（元）邹铉续编《寿亲养老新书》卷三。

⑮《御定佩文斋广群芳谱》卷八十八。

⑯（明）冯时可《雨航杂录》卷下。

⑰《御定月令辑要》卷七。

⑱《御定佩文斋广群芳谱》卷五十八。

⑲《御定佩文斋广群芳谱》卷十。

⑳（清）方以智《通雅》卷四十二。

㉑《御定佩文斋广群芳谱》卷九十七。

㉒（明）朱橚《普济方》卷二百六十八。

㉓㉔（清）方以智《物理小识》卷十一。

㉕（宋）庄绰《鸡肋编》卷上。

㉖（明）李时珍《本草纲目》卷十六。

㉗（明）李时珍《本草纲目》卷三十。

㉘（明）缪希雍《神农本草经疏》卷十。

㉙（宋）唐慎微《证类本草》卷十。

㉚（明）李时珍《本草纲目》卷十七上。

㉛（明）李时珍《本草纲目》卷三十五上。

㉜（明）李时珍《木草纲目》卷三十六。

㉝（元）鲁明善《农桑衣食撮要》卷下。

㉞（明）彭大翼《山堂肆考》卷二百二十八。

㉟㊱（清）陈元龙《格致镜原》卷九十七。

㊲㊴（明）朱橚《普济方》卷三百八。

㊳（明）宋诩《竹屿山房杂部》卷八。

㊵（宋）杨士瀛《仁斋直指》卷二十五。

㊶（宋）罗愿《尔雅翼》卷二十六。

㊷（元）陈基《夷白斋稿》卷三。

㊸（唐）王建《王司马集》卷四。

㊹（元）陶宗仪《说郛》卷一百九下。

㊺(明)高濂《遵生八笺》卷十八。

㊻(明)宋诩《竹屿山房杂部》卷八。

㊼(明)朱橚《普济方》卷二百六十八。

㊽㊿㊽(清)方以智《物理小识》卷六。

㊾㊻(清)方以智《物理小识》卷十一。

㊿(明)彭大翼《山堂肆考》卷二百二十八。

51(明)高濂《遵生八笺》卷六。

52《御定月令辑要》卷二十。

53(明)徐光启《农政全书》卷四十二。

54(明)李时珍《本草纲目》卷四十五。

55(明)李时珍《本草纲目》卷四十。

57(清)王士祯《香祖笔记》卷三。

58(明)朱橚《普济方》卷三百八。

59(明)朱橚《普济方》卷二百六十八。

61(明)艾儒略《职方外纪》卷二。

63(明)彭大翼《山堂肆考》卷二百二十七。

64(元)陶宗仪《说郛》卷二十二下。

65《御定渊鉴类函》卷四百二十五。

66(清)黄宗炎《周易寻门余论》卷下。

67(清)陈元龙《格致镜原》卷十。

68(清)吴景旭《历代诗话》卷八十。

69⑦⑦(隋)巢元方《巢氏诸病源候总论》卷五十。

⑦(明)薛巳《薛氏医案》卷五十二。

⑦(明)江瓘编《名医类案》卷七。

⑦(宋)彭乘《墨客挥犀》卷五。

⑦(宋)洪迈《夷坚志》丁卷八。

⑦(明)朱橚《普济方》卷一百七十四。

⑦(明)徐应秋《玉芝堂谈荟》卷十一。

⑦《外台秘要方》目录下。

⑦《御纂医宗金鉴》卷七十二。

⑦(宋)张杲《医说》卷二。

⑧(宋)张杲《医说》卷六。

⑧(清)魏之琇《续名医类案》卷五十五。

⑧(宋)何薳《春渚纪闻》卷三。

⑧(清)魏之琇《续名医类案》卷二十九。

第五章

人生如画

人身有虱

一、诸子论虱

先秦时代喜欢援虱为喻的主要是道法两家。道家主要是从人的生存状态角度来谈论虱子习性的,他们对虱子生性细节的关注都是为了增加对人性的理解。

庄子观察的虱子主要是猪身上的虱子。"濡需者,豕虱是也。择疏鬣,自以为广宫大囿。奎蹄曲隈,乳间股脚,自以为安室利处,不知屠者之一旦鼓臂布草操烟火,而已与豕俱焦也。此以域进,此以域退,此其所谓濡需者也。"①庄子这种话语方式显然是一种拟人式的寓言手法。注家对此作了进一步解说:"濡则不去,需则有待,安于卑污而不知祸,故以豕虱名之。"所谓豕虱就是鼠目寸

光、见小利而不知大道的人。"夫道在无物之初也。奎形象蹄身之曲处,乳间股脚温暖之所,虱赖豕存,濡润需待,以为安利而不知屠者。一至与豕俱焦,喻世人未能出乎境域而有所待者,皆不免祸患,故曰域进域退,自非邈世之才,而偷安一时之利,皆濡需者也。"庄子将这些人称作豕虱,就是比喻:"曲士肤浅,偏执自足而不知,大方之家以穷理尽性,为未始有物也。苟尸素而濡润,曰域进不需顷而祸及,曰域退恶来,顺纣而同诛,亦何异于豕虱?"名利富贵是豕虱之所爱。"濡滞而有所待,贪着名利之人,奎蹄曲隈,群虱居之,自以为安,不知其不足恃也。域喻囿心于富贵。""众人以名利为域,众虱以豕身为域,进退犹成败也。"总之,"非夫通变邈世之才,而偷安一时之利者,皆豕虱也"。②

作为反证,韩非子讲了一个"三虱食彘"的寓言:"三虱相与讼,一虱过之曰:'讼者奚说?'三虱曰:'争肥饶之地。'一虱曰:'若亦不患腊之至,而茅之燥耳。若又奚患于是?'乃相与聚嘬其母,而食之彘臞。人乃弗杀。"③这个结果说明,虱子的智慧发挥了作用,避免了被杀的命运。

如果说道家以虱为喻谈论的是人性的天然弱点，那么法家以虱为喻关注的则是政治中的天然缺陷。在法家看来，所谓虮虱就是对国家有害的事物和行为。正因如此，法家将国家机构或权力运作中的弊端称作虱害。这种做法由商鞅开启端绪。"《商子》以小臣之害，比之为虱，言微而不可不去也。"④他认为那些不能有助于实现富国强兵的做法，均属"奸虱"。商鞅的强秦方略是，"仁义虱官"务必弃置不用。在商鞅看来，虱官在官僚制度中具有必然性。商鞅提出了著名的"六虱"理论。他反复阐发了六虱是富国强兵的最大障碍这一观点："农、商、官三者，国之常食官也。农辟地，商致物，官法民。三官生虱六：曰岁、曰食、曰美、曰好、曰志、曰行。六者有朴，必削，农有余食，则薄燕于岁；商有淫利，有美好，伤器；官设而不用，志行为卒。六虱成俗，兵必大败。"⑤"礼乐虱官生，必削。国遂战，毒输于敌，国无礼乐虱官，必强。举荣任功曰强，虱官生必削。"⑥"民贫则力富，力富则淫，淫则有虱。故民富而不用，则使民以食出。各必有力，则农不偷。农不偷，六虱无萌。故国富而贫治。"⑦"国富则淫，淫则有虱，有虱则弱。故贫

者益之以刑则富，富者损之以赏则贫。治国之举，贵令贫者富，富者贫。贫者富，国强；富者贫，三官无虱。国久强而无虱者，必王。"⑧"国贫而务战，毒生于敌，无六虱，必强；国富而不战，偷生于内，有六虱，必弱。国以功授官予爵，此谓以盛知谋，以盛勇战。以盛知谋，以盛勇战，其国必无敌。国以功授官予爵，则治省言寡，此谓以法去法，以言去言。国以六虱授官予爵，则治烦言生，此谓以治致治，以言致言。则君务于说言，官乱于治邪。邪臣有得志，有功者日退，此谓失。守十者乱，守一者治。法已定矣，而好用六虱者亡。民泽毕农，则国富。六虱不用，则兵民毕竞劝，而乐为主用，其境内之民争以为荣，莫以为辱。其次，为赏劝罚沮。其下，民恶之，忧之，羞之，修容而以言，耻食以上交，以避农战，外交以备，国之危也。有饥寒死亡，不为利禄之故战，此亡国之俗也。六虱：曰礼乐、曰诗书、曰修善、曰孝悌、曰诚信、曰贞廉、曰仁义、曰非兵、曰羞战。国有十二者，上无使农战，必贫至削。十二者成群，此谓君之治不胜其臣，官之治不胜其民，此谓六虱胜其政也。""重刑明大制，不明者六虱也。六虱成群，则民不用，是故兴国罚

行则民视,赏行则上利。"⑨

法家似乎有个传统,将自己厌恶的诗书礼乐比作虮虱。"故商鞅谓,礼乐诗书之为虱官,秦始皇燔六经、坑术士,汉之窦后、宣帝皆不喜儒生。"⑩韩愈《泷吏》诗云:"不知官在朝,有益国家不。得无风其间,不武亦不文。仁义餹其躬,巧奸败群伦。"杜牧阐发道,商鞅"能耕能战,能行其法,基秦为强",摒弃仁义。⑪这也正是"昌黎之意"。

韩非子把生虱子看作乱世的一个主要标志:"天下无道,攻击不休,相守数年不已,甲胄生虮虱,燕雀处帷幄而兵不归,故曰戎马生于郊。"⑫无论商鞅的六虱,还是韩非的五蠹,都注意到了逐渐成熟的官僚制社会中所出现的各种有害人群和高危弊端。所谓"韩魏力政,燕赵任权,五蠹六虱,严于秦令"。

汉代王充在探讨天人关系时,一个很重要的手法就是将虮虱引入论据,由此使天人二元性的论证变成天人虱三元性的互证。在他看来,天、人、虱三者之间具有很大的相似性。故而,在三者之间进行某种类比性的推论,完全可以成立。"人在天地之间,犹蚤虱之在衣裳之内,蝼蚁之在穴

123

隙之中。蚤虱蝼蚁为逆顺横从，能令衣裳宂隙之间气变动乎？蚤虱蝼蚁不能，而独谓人能，不达物气之理也。"[13]"人在天地之间，犹虮虱之着人身也，如虮虱欲知人意，鸣人耳傍，人犹不闻，何则小大不均，音语不通也。"[14]正像虱生于人而不知人一样，人生于天而不知天。"人民居土上，犹蚤虱着人身也。蚤虱食人，贼人肌肤，犹人凿地，贼地之体也。蚤虱内知，有欲解人之心，相与聚会，解谢于所食之肉旁，人能知之乎？夫人不能知蚤虱之音，犹地不能晓人民之言也。"[15]虮虱所为无关于人，人之所为无关于天地。与其说天人相应，不如说天人无应。既然天人感应并不成立，天人之间就不存在有恩和感恩的关系。"天地无生育之恩"就好比"人身之生虮虱"。[16]天生人，人生虱，皆非天人本意。故而，天无恩于人，人无恩于虱。所以，天、人、虱三者之间的关系不存在任何感恩的因素。这样，"尽废天地百神之祀"[17]便成为合理之举。

天无意生人而生人，人无意生虱而生虱。这只是一个客观事实，而非必然事实。"人虽生于天，犹虮虱生于人也。人不好虮虱，天无故欲生于人。

何则异类殊性,情欲不相得也。"⑱王充明确指出,
天人虱三者之间纯属一种偶然关系,为此他否定
了天人之际的目的论:"儒者论曰:天地故生人,
此言妄也。夫天地合气,人偶自生也,犹夫妇合
气,子则自生也。夫妇合气,非当时欲得生子,情
欲动而合,合而子生矣。且夫妇不故生子,以知天
地不故生人也。然则人生于天地也,犹鱼之于渊,
虮虱之于人也。因气而生,种类相产万物生,天地
之间,皆一实也。"⑲

　　魏晋以后,玄学中人和道教人士都对人身上
的虮虱发生了特殊兴趣。人们普遍相信"噉食众
生是致虱因"⑳。于是"与虮虱同情"便成了人们的
某种心态和期待。这是因为人们越来越关注养
生。比如,嵇康《养生论》云:"虱处头而黑,麝食柏
而香。颈处险而瘿齿,居晋而黄。推此而言,凡所
食之气,蒸性染身,莫不相应。"葛洪在《抱朴子》
中接着说:"今头虱着身皆稍变而白,身虱着头皆
渐化而黑。则玄素果无定质,移易在乎所渐也。"
不过人们也发现,虮虱颜色具有某种稳定性。它
不会因衣服颜色的改变而改变,也不会因头发颜
色的变化而变化:"衣中之虱本白,衣或化为缁,

而虮终自白；发中之虱本黑，发或变为白，而虱终自黑。"[21]对虮虱生存特性的进一步观察和了解，使得《抱朴子》对人虱关系的理解更为独特。葛洪不完全赞成王充的纯自然主义观点，他认为天、人、虱三者之间不能简单类比，天人关系不同于人虱关系，他断言："天地为万物之父母，万物为天地之子孙。夫虱生于我，岂我之所作？故虱非我不生，而我非虱之父母，虱非我之子孙。"这就如同"牛马之气蒸生虮虱，虮虱之气蒸不能生牛马。故化生于外，非生于内也"[22]。在某种意义上，"天视一牢，不啻人身一虮虱。虽极其精洁，可谓天之所享在是乎？"[23]人献给天的祭品就像人身上的虮虱，天未必喜欢，人更是厌恶。

不过直到宋朝，那些具有很高文化修养的人似乎还都搞不清虱子究竟是怎么生出来的，竟然为了滋生虱子是因身上泥垢太多，还是由败絮造成而发生激烈争论。"败絮不温生虮虱，大杯覆酒着尘埃"[24]显然并非定论。苏轼和秦观就曾在酒桌上为虱子的来源发生过争执。各不相让之下，二人约定找高僧裁判，最终以一种似禅非禅的游戏方式解决：

东坡闲居日，与秦少游夜宴。坡扪得虱乃曰："此是垢腻所生。"少游曰："不然，绵絮成耳。"相辨久而不决。相谓曰："明日质之佛印，理曲者设一席，以表胜负。"酒散，少游即往扣门，谓佛印曰："适与苏辨虱所由生。苏云生于垢腻，愚谓成于绵絮。两疑不释，将质吾师。明日若问，可答生自绵絮。容胜后当作馎饦。"会既去，顷之苏亦至，乃以前事言之，祝令荅以生于垢腻，许作冷淘。明日果会，具道问难之意。佛印曰："此易晓耳。乃垢腻为身，絮毛为脚。先吃冷淘，后吃馎饦。"二公大笑，具宴为乐。（**明·王世贞《苏长公外纪》，《御定渊鉴类涵》卷四百五十**）

在宋明理学背景下，基于探讨天理的需要，人们再次发现虮虱是一个很有用的证据。因为在一些基本的发生学问题上，天气生人与人气生虱具有相同的机理。"腐草为萤，朽木生蠹，湿气生虫，人气生虱之类，无非气化也。"㉕比如，针对为何"今天下未有无父母之人，古有气化今无气化"

这个问题，二程说："有两般，有全是气化而生者，若腐草化萤是也。既是气化到合化时自化，有气化生之后而种生者，且如人身上着新衣服，过几日便有虮虱生其间。此气化也，气既化后更不化，便以种生去，此理甚明。"[26]朱熹也沿用这个说法。针对"生第一个人时如何"这个问题，他回答说："以气化二五之精合而成形，释家谓之化生，如今物之化生者甚多，如虱然。"[27]"天地之初，如何讨个人种，自是气蒸结成两个人，后方生许多万物。所以先说乾道成男、坤道成女，后方说化生万物。当初若无那两个人，如今如何有许多人？那两个人便如而今人身上虱，是自然变化出来。"[28]朱熹认为，理在物先，同时，有一物必有一物之理。先有天理，后有天气。天理生天气。"譬如人着新衣，忽生虮虱，此气之所成也。然必有生虮虱之理，而后虮虱生，衣服外面则不生矣。无是理故无是气也。"[29]朱熹还认为，虮虱也有某种知性："物类中亦有知君臣母子、知祭知时者，亦是其中有一线明处，然而不能如人者，只为他不能克治耳。且蚤虱亦有知，如饥则噬人之类是也。"[30]

二、佛道弄虱

在某种意义上，"禅内虱"一说表明了佛教对虮虱的特殊关注。在中国宗教中，佛教涉及虮虱最多。这表现在两方面：一是佛教建构的宇宙发生学体系中对虮虱地位的具体设计和安排，一是佛教戒杀生的基本教义对佛教徒生命伦理和日常生活的强力塑造及有效规范。

先看第一个方面。佛教从正反两面编制出了宇宙万物的起源。在这个世界生成序列中，虮虱都处于其中一个不可或缺的环节。从小到大的谱系是《楞伽经》中的"七极微尘"：

> 七极微尘成一阿耨池上尘，七阿耨尘为铜上尘，七铜上尘为水上尘，七水上尘为兔毫上尘，七兔毫上尘为一羊毛上尘，七羊毛上尘为一牛毛上尘，七牛毛上尘成一向游尘，七向游尘成一虮，七虮成一虱，七虱成一穬麦，七穬麦为一指，三十四指为一肘，四肘为一弓。（宋·洪迈《容斋随笔》卷十三）

129

反过来，从大到小的谱系是："分一拘卢舍为五百弓，分一弓为四肘，分一肘为二十四指，分一指节为七宿麦，乃至虮虱隙尘牛毛羊毛兔毫铜水，次第七分，以至细尘。"[31]

《正法念经》对生命起源的方式和途径划分了四大类，虮虱即占一类："以天眼见诸畜生有四种生，何等为四？一者胎生，所谓象马牛羊之类；二者卵生，所谓蚭蚖鹅鸭鸡雉众鸟；三者湿生，所谓蚤虱蚁子之类；四者化生，如长面龙等。"[32]

在佛教关注的诸多人生苦恼中，虮虱噬咬是其中一项。"诸苦恼触四百四，病寒热风霜、蚤虻蚤虱、饥渴困苦等。"[33]"不以光明供养三宝，反取三宝光明以用自照，死即当堕黑耳、黑绳、黑暗地狱，于遐劫中受诸苦恼。受苦既毕，堕虮虱中，不耐光明。在此之中，无量生死，以本因缘，若遇微善，劣复人身，形容黡黑，垢腻不净，臭处秽恶，人所厌远，双眼盲瞎，不睹天地，当知隐蔽光明。"[34]

在佛教的想象中，人性罪孽各有不同，所受到的轮回惩罚也相应有别。其中，虮虱托生为人，要犯第三重戒："虎、狼、师子、熊、罴、猫、狸、鹰、鹞之属，若得人身，具足十二诸恶。律仪若得出

家,犯第二重戒,是名余报。若有习近愚痴之人,是报熟时,堕于地狱,从地狱出,受畜生身。所谓象、猪、牛、羊、水牛、蚤、虱、蚊、蝱、蚁子等形,若得人身,聋、盲、瘄痖、癃残、背腰,诸根不具,不能受法。若得出家,诸根暗钝喜犯第三重戒。"⑤

再看第二个方面。在虮虱集中的人群中,佛教徒是一个极为特殊的群体。由于秉持不杀生的教义,佛教徒对自己身上的虮虱充满了矛盾心态。一方面,他们深受虱咬之苦;另一方面,他们又不能像其他人一样随随便便地杀死虮虱。"释氏好生而戒杀,虽蚤虱蚊蝎必思所以完之。"⑥缘此之故,寺院里便常常发生一些要求僧人保护虮虱的有趣故事:

时有老病比丘,拾虱弃地。佛言:"不应尔。听以器盛。若绵拾着中。若虱走出,应作筒盛;若虱出筒,应作盖塞。"……随其寒暑,加以腻食,将养之也。(**明·董斯张《广博物志》卷四十九**)

汝阴尉李重舒,汉臣,山阳人,生平戒杀,云:"释教令置虱于绵絮筒中,久亦饥死。"

諸子　佛道　文人

商鞅　怀玉和尚　苏轼

有人教于青草叶上，经宿沾露，则化为青虫飞去。（元·陶宗仪《说郛》卷二十七上）

东晋义熙初，金陵长干寺僧惠祥与法向连堂而居。夜四更中，惠祥遥唤向暂来，向往视祥，祥仰眠，交手脑上，云："可解我手足绳。"向曰："并无绳也。"惠祥因得转动。云："适有人众缚我手足，鞭棰交下，问何故啮虱。"又语祥云："若更不止，当入于两山间磕之。"祥自后，戒于啮虱焉。（《太平广记》卷九十九）

佛教有舍身饲虎之说，僧人便有以身饲虱之举，看来也是知行合一。于是，一些僧人便有了自觉保护虮虱的行为和意识。

查道性淳古，早寓常州琅山寺，躬事薪水以给众，常衣巨衲，不复洗濯，以育蚤虱。（元·陶宗仪《说郛》卷四十三上）

无畏三藏自天竺至，依宣律师……律师中夜扪虱，投之床。无畏即呼："律师扑杀佛子。"由是敬而异之。（宋·朱胜非《绀珠集》卷二）

133

释行满者……卧一土床……每日脱衣就床，则蚤虱蛰蜇焉唼之。及喂饲得所，还著衣如故。**（宋·赞宁《宋高僧传》卷二十二）**

（一律师）日不再食，衣不再丝。不澡身者凡三十年，蓄蚁虱而不杀，施水火以净戒。**（元·徐硕《至元嘉禾志》卷二十）**

（一禅师）天性慈甚，哀病者而急阨穷，呪食放生，无不为者……五十年，不驱蚊，不搔馁虱，不以匡众为己任。**（宋·刘弇《龙云集》卷三十二）**

有一坐禅比丘，独住林中，常患虮虱。即便芙虱，而作约言："我若坐禅，汝宜嘿然隐身寂住。"其虱如法。**（明·徐元太《喻林》卷九十一）**

正是这种"蚤虱从游，居然除受"的闲适自得的生活态度，加上佛教戒律约束，使得僧人身上的虮虱就比其他人更多。"空寮积尘生，僧病缚禅律。橐空饥鼠跳，衲破饕虱出。"⑩许多高僧都有此体验。唐朝扬州孝感寺广陵大师说："常衣穗裘，厚重可知，盛暑亦不暂脱，蚤虱聚其上。"⑪唐朝台

州涌泉寺怀玉和尚说："一食长坐，蚤虱恣生唯一布衣。"[39]僧人虱子多，直接产生两个相应结果。一是蚖虱噬咬厉害，尤其在夜里人们入睡后。正所谓"睡里虱子咬人，信手摸得革蚤"[40]。一位高僧写过一首《十二时偈》，依照一天十二个时辰的顺序，对僧人有规律的日常生活作了形象描述。开头就写到了半夜被虱子噬咬的情景："夜半子，困如死，被虱咬，动脚指。"[41]二是蚖虱特别肥硕。《大方便佛报恩经》上有个寓言，颇得其趣。有土蚤问虱子："汝云何身体肌肉盛？"虱言："我所依主人常修禅定，教我饮食时节，我如法饮食，故所以身体鲜肥。"

不过也应该看到，有些寺院的卫生条件还是相当不错的。它们能提供充足的沐浴设施，而且还向社会开放。至少官员和文人都是可以去洗澡的。清人查慎行在《西林庵浴》诗中详细地描述了他在寺院享受"桑拿"的过程。他特别点明，他去洗澡是因为身上虱子太多：[42]

蚖虱缘见侵，浣除急先务。
山僧开浴室，午告汤沐具。

爱此松下风,解衣入云雾。

微温彻毛发,积患瘳沈锢。

涤肠即未能,搔背不犹愈。

老蝉初脱壳,呼吸通清露。

嗒焉忘其身,垢腻于何附。

　　一般情况下,佛教戒律不仅规范了僧人的生活习性, 有时还影响到某些信佛官员的日常行为。"龚彦和谪化州,持不杀戒,日夜礼佛,对客虮虱满衣领,不恤也。"这使得他被人嘲笑为"衣领从教虱子缘,夜深拜得席儿穿。道乡活计君知否,饥即须飡困即眠"。[63]苏轼对佛虽然说不上虔诚,但也算是有些佛缘。他的类似经验和体会便能说明这点:

　　苏东坡自谓:"窜逐海上,去死地稍近。"心颇忧之,愿学寿禅师放生,以证善果,敬以亡母。蜀郡太君程氏遗留簪珥,尽买放生,以荐父母,冥福其子。迈在东坡之侧,见所买放生盈轩蔽地,或掉尾乞命,或悚翅哀鸣。迈怜悲其意,亟请放之。旁有侍妾名朝云,见迈衣

衿有蠕动,视之乃虱也。妾遽以指爪隙其命。东坡训之曰:"圣人言近取诸身,远取诸物。我今远取诸物以放之,汝今近取诸身以杀之耶?"妾曰:"奈啮我何?"东坡曰:"是汝气体感召而生者,不可罪彼。要当拾而放之可也。今人杀害禽鱼之命,是岂禽鱼啮人耶?"妾大悟,自后罕茹腥物,多食蔬菜而已。东坡舅氏谕之曰:"心即是佛,不在断肉。"东坡曰:"不可作如是言,小人女子难感易流,幸其作如是,相有何不可。"(元·陶宗仪《说郛》卷七十三下)

其实,对于佛教戒杀生之说,儒家并非完全同意。比如,二程即对两种流行的说法均表示异议:"一说天生禽兽本为人食,此说不是岂有人为虮虱而生耶?一说禽兽待人而生,杀之则不仁。此说亦不然。大抵力能胜之者皆可食,但君子有不忍之心尔。故曰:见其生,不忍见其死;闻其声,不忍食其肉。是以君子远庖厨也。"儒家的这种自我矛盾,可以概括为"杀之则伤仁,放之则害义"。⑭简言之,在虮虱问题上,儒家的仁、义之间发生了内在的冲突。

　　佛教剃度尽管有"六根清净"的戒律和教义要求，但客观上也不妨视为一种消极的自我保护。"内江县圣水寺，有异僧，不知何许人。突来寺，坐山门外阶级上，戴破絮帽，著百结衲袄，不食不言，三日夜未移处。……居一载，长老见其发多虮虱，谓之曰：'尔何不披剃？'笑颔之，遂落发为僧。"㊺

　　尽管佛教戒律禁止杀生，但由于僧人身上虮虱很多，所以还是难免有些僧人忍不住地"戒杀仍扪虱"，所谓"衣百结之衲，扪虱自如"。㊻如此这般，"狎而扪虱，无亦妄持"㊼的僧人也逐渐发展出了一些相应的成套捉虱技巧。比如，在剑川僧舍，"凡故衣皆煮于釜中，虽禅衣亦然。虱皆浮于水上。此与生食者小间矣。其疗虱，则置衣茶药焙中，火逼令出，则以熨斗烙杀之"㊽。

　　颇堪玩味的是，在某些士大夫眼中，僧人扪虱却呈现出令人遗憾和惆怅的末世萧瑟。晚清进士陈康祺记述了他对北京拈花禅寺的观感。"余入都，曾一叩寺门，孱僧扪虱，古佛卧阶，万树垂杨，无复一丝青翠。"尤其是他情不自禁地联想到乾隆年间文人在寺中的盛会，"辽东李鬒青山人

豸,招诗人修禊寺中,宁邸秋明主人闻之,携酒肴歌吹来会,凡二十有二人,咸有赋咏。燕郊春事,朱邸谦光,诗虎酒龙,分张旗鼓,洵升平之嘉话,骚雅之清游也。"真是酸楚不已。"回车不觉唏叹曰:'康、乾二朝士大夫,真神仙中人。'"⑭在这种别有意趣的对比中,僧人扪虱显然不如骚人吟诗更令人向往。

除了佛教徒,道教徒也深感蚊虱之苦。晋代葛洪在《抱朴子》中说:"蚊噆肤则坐不得安,虱群攻则卧不得宁。"再比如,宋代张元幹的《赠庆绍上人》诗云:"枯颅苗发蚊虱满,得脱性命非人谋。"

至于道士捉虱,因不受教义禁忌,自然更为便捷:"白日骑羊三洞远,青天扪虱万峰高。"⑤"长鲸未骑且扪虱,不妨随意芬浮杯。"⑤"凭几问金丹,扫地焚苍术……不见刘崇虚,萧斋坐扪虱。"⑤

在人们对佛道二教的信仰中,也慢慢产生出一些祛除蚊虱的法术和奇迹:

　　庆龙蚕年尝入匡庐学浮屠法,称璕书记不乐,遂归俗,放浪江湖中,名公巨卿酒徒剑客,往往多与之游。好为诗,落落有气概,遇

139

风日清美,乘笋舆游天衣云门诸山,岸帻披襟,翛然如画中人物。年逾七帙,齯齿童颜,终岁不澡,沐肌体清洁衣,垢不生虮虱。**(明·**
镏绩《霏雪录》卷上)

福州有丐者陈毡头,不知何许人,衣裳垢涴,不与人接语,形容尤极秽浊。然未尝梳发,而头无虮虱;未尝澡浴,而身不臭。每处于安泰桥之西,偏以破席自蔽,仅能容膝,口中常吐一物于掌,莹白正圆玩弄不已。或为人所窥则笑,而复吞之,盖内丹也。**(宋·洪迈**
《夷坚志》戊卷一)

三、文人言虱

败絮生虱,文人多情。"春寒还似暮冬天,败絮重披有虱缘。"㊿再穿一次破棉袄竟然是为了和虱子有个约会,可谓文人自恋之极致,它既可自嘲,亦可反讽,所谓"诗翁多于虮虱"。

赵秋谷言:好为小古诗者如寒士乞怜,欲言不尽。好为七言长篇者如乞儿叫化,今之诗人,则乞儿多于寒士矣。昔南唐魏明好吟诗,动即数百

言,而气格卑下。尝袖以谒韩熙载,韩以目暗辞,且置几上。明曰:"然则某自诵之可乎?"韩曰:"适耳忽聋。"明惭而去。黄山谷在鄂州,太守某信重之,有一生投诗太守,求少助。太守携示山谷,问酬以几何。山谷曰:"不必他物,取公库乾艾四两,于生尻骨上作一大炷灸之,问尔后敢作诗耶!"诗翁多于虮虱,正恐蕲州艾不足供用奈何! 曹能始嘲吴人沈野之:"半夜号跳常索酒,一生氄毿自圈诗。"吴人作诗文,有先圈而后落稿者。㊄

不过,乱世多思,思多郁闷,倒是真的。中国文人对虱子的热议肇始于魏晋。魏晋时代,玄学人士无不崇尚自然,释放性灵。"解衿擢带,脱履堕帽,礼法所不能禁,君上所不能使。以天为掌,以地为块,以日月为跳丸,以生为衣中虱,以死为南面乐。寒暑昼夜,罔有知觉。深舷大斗,日以濡口,飞鸟不瞬,疾雷不惊。昏昏冥冥,我将何营?虽禄以天下,爵以人主,无以易其乐。"㊄

魏晋与玄学联系在一起,同时也被视为人性觉醒和智性大开的时期。可见,中国文人热议虱子并非偶然。㊄他们尤其将目光锁定在了人虱关系上,对人虱类同性作了全新的解读和阐释,从

而深化了对人生存境遇之困局和卑微的自我认知。"鄙夫自私，虱处裈裆。"[57]中国人第一次发现人竟然是像虱子一样寄生于国家礼法的裤裆中，庙堂如裈裆，王公贵胄亦在所难免，所有人都不例外。从魏晋开始，后世人们以虱为喻、观照人生的话题，愈发普遍。"大道无端倪，人世如蚁虱。"[58]"规行矩步自衒世，不若为虱处裈中。"[59]"竹林诸贤久雨散，我亦蚁虱劳搔爬。"[60]对人生存状态和性质的深刻揭示，成为人虱话语的内在指向。

在中国人虱关系史上，阮籍和嵇康是两个转折性人物。"处裈笑群虱，有酒甘步兵。半酣百年寄，一啸千古轻。"[61]阮籍通过《大人先生传》第一次发现了人生存状态的蚁虱性本质。"籍因长啸，而退至半岭闻，有声若鸾凤之音，响乎岩谷，乃登之啸也，遂归著《大人先生传》。"史家认为"此亦籍之胸怀本趣"。[62]

阮籍对正人君子的描述为"大人先生"彻底否定正人君子树立了一个标准形象。"天下之贵莫贵于君子，服有常色，貌有常则，言有常度，行有例程。立则磬折，拱若抱鼓，动静有节，趋步商羽，进退周旋，咸有规矩，心若怀冰，战战栗栗，束

身修行，日慎一日，择地而行，唯恐遗失，诵周孔之遗训，叹唐虞之道德，唯法是修，唯礼是克。手执珪璧，足履绳墨，行欲为目前，检言欲为无穷，则少称乡间，长闻邦国，上欲图三公，下不失九州岛岛牧。故挟金玉，垂文组，享尊位，取茅土，扬声名于后世，齐功德于往古，奉事君王，牧养百姓，退营私家，育长妻子，卜吉而宅，虑乃亿祉，远祸近福，永坚固已。此诚士君子之高致，古今不易之美行也。"大人先生对此"逌然而叹"。他质问这些正人君子："汝独不见夫虱之处于裈之中乎？深缝匿乎？坏絮自以为吉宅也，行不敢离缝际，动不敢出裈裆，自以为得绳墨也。饿则啮人，自以为无穷食也。然炎斥火流，焦邑灭都。群虱死于裈中，而不能出。汝君子之处区内，亦何异夫虱之处裈中乎？"大人先生继续追问："汝君子之礼法，诚天下残贼乱危死亡之术耳。而乃目以为美行，不易之道不亦过乎？今吾乃飘飘于天地之外，与造物为友，朝湌旸谷，夕饮西海，将变化迁易，与道终始。此之于万物，岂不厚哉？故不通于自然者，不足以言道。闇于昭昭者，不足与达明。"最后，大人先生断言："故至人无宅，天地为客；至人无主，天地为

所;至人无事,天地为故。"在阮籍看来,大人先生就是"以天地为卵",自然"小物细人"。

这位"大人先生"不知姓名、不知年龄、不知去向,最终没有进入官场这个肮脏的"大裤裆",使自己变成一只令人皮痒肉麻的小虱子。"大人先生"作为阮籍心目中理想人格的自我建构,虽然具有很强的自我虚拟的理想性色彩,但指向的肯定不是自己,反倒更像是嵇康。因为嵇康以实际行动宣示自己不再继续待在朝廷的"裤裆"里。嵇康在《与山巨源绝交书》中明确表示:"人伦有礼,朝廷有法,自惟至熟,有必不堪者七、甚不可者二。"第三个不堪就是:"危坐一时,痹不得摇,性复多虱,把搔无已,而当裹以章服,揖拜上官。"⑥

后人有《嵇叔夜七不堪论》,云:"嵇子之斯谭也,鄙夫愕其迂,达才略其散。谁得其心乎?七端悉情,体所常欲。凡有形无不然。奚高之云乎?圣贤训人,尚勤而戒逸。记曰:君子弗使其躬儳焉。如不终日,七端皆儳焉者矣。曷为贵邪?君臣之义何可以此易彼?夫委质立朝,夙夜匪懈,亦有所立焉。将启已以沃君俾主道邦乂焉。尔股肱之业,独在乎劳其骨支,烦其气志而已乎。彼其抱关督邮,

用趋轶不寐，为职事者，其具尔也。曾谓叔夜，斯人之徒与叔夜料即仕不股肱我，我弗获为启沃道义，而独以轩英之姿，群诸关邮尹，不亦污弃天命，囚龙凤与枭虺伍乎？假使强位，撰辅而道，不行相爵，而胥绩亦非余之心也。不然，叔夜欲颓惰慢放，若是者将诚愚细人禽兽虱蛆矣乎？或云，康自贵若斯，而乃终血磋锧，其何贵之有？嗟夫，忍情徇世，颠失道职也者。其无死乎哉？杀而弗辱者，嵇生甘哉之愿也。呜呼，嵇子智夫有道者，心在千载之上。"⑭

如果说阮籍是一只具有自我意识的虮虱，那么嵇康就坚决拒绝使自己成为一只虱子。对阮籍的评价，人们或许有所分歧。比如，有人认为："阮籍著《大人传》以三公九牧皆为裈中之虱。本有济世大志，属天下多故，名士少全，由是不与世事，酣饮以为常。文帝初欲为武帝求婚于籍，籍醉六十日不得言而止，其人可知。"⑮苏轼则认为："籍未尝臧否人物，口不及世事，然礼法之士疾之如雠，独赖司马景王保持之耳，其去死无几。以此论之，亦虱之出入往来于衣巾之间者也。安得裈中之藏乎？"⑯按照苏轼的说法，阮籍的生存技巧是

145

做一只衣襟间的虱子，而不是裤裆里的虱子。二者之别，其实是五十步与百步之间。

在叶适看来，阮籍完全是进退失据，得失无当："阮籍以酣纵逞人欲，而以慎密防世患，进不成显，退不成隐，岌岌乎刑戮之间，深昵权强，粗免其身奚，异乎群虱之裩处，而所谓大人先生者乌在也？"[67]叶梦得也认为，阮籍有投机之嫌："阮籍既为司马昭大将军从事，闻步兵厨酒美，复求为校尉。史言虽去职，常游府内，朝宴必预，以能遗落世事为美谈，以吾观之，此正其诡谲，佯欲远昭而阴实附之，故示恋恋之意，以重相谐结。小人情伪，有千载不可掩者，不然，籍与嵇康当时一流人物也，何礼法疾籍如仇？昭则每为保护，康乃遂至于是，籍何以独得于昭如是耶？至劝进之文，真情乃见。籍著《大人论》，比礼法士为群虱之处裩中。吾谓籍附昭，乃裩中之虱。"[68]

总之，人们一般认为，阮籍、嵇康并非一类人。阮籍虽"口不臧否人物"，但却"作青白眼"，他之所以"得全于晋，直是早附司马师，阴托其庇耳。史言礼法之士嫉之如雠，赖司马景王全之。以此而言之，非附司马氏未必能脱祸也。今《文选》

载蒋济《劝进表》一篇,乃籍所作。籍忍至此,亦何所不可为? 籍著论鄙世俗之士,以为犹虱处乎裈中,而委身于司马氏,独非裈中乎? 观康尚不屈于钟会,肯卖魏而附晋乎?"既然如此,"世俗但以迹之近似者取之,概以为嵇阮"[69]实在是误解。当然,作为对人生如虱有共同感悟的人,"嵇叔夜、阮嗣宗号称旷达,至其文辞颇务扬已衒异,以贬剥当世,有臭腐裈虱之语。夫志在于脱世纷,反激而速之,则其被祸害取龋疾,非不幸也"[70]。

从此,"栖栖碌碌,虱处裈中"[71]便成为某些具备自省意识官员的警戒之语。他们时刻警示自己:"焉能随时浮沉,取容当世,局趣效辕,下驹规规,如裈中虱哉。"[72]他们严厉指责"百官蠢蠢裈中虱,黄牙白苇弃贤良"[73]。同时,视公卿为蚊虱便成了狂狷之士的自我标榜和期许。有人自赞自赏道:"躯干短小而芥视九州岛岛,形容寝陋而蚁虱公侯,言语蹇吃而连环可解,笔札讹痴而挽回万牛。宁为时所弃,不为名所因,是何人也耶?"[74]

人们在批评士人的五种恶习时,其中有一条就与蚊虱有关:

士之相观成习,而相播为文,莫弊今日矣。然皆相于弱,不相于强也。为士习之弊者五:舍龟观颐一也,蚕虿之龟二也,佻达城阙三也,不刺绣纹倚市门四也,朋蛙聚鸺五也。舍龟观颐者,铺馈甘于齐卿,餐钱贵其宋相;蚕虿之龟者,蓼盘陈而乞化,柳车结以送穷;佻达城阙者,舞态极于钦明,琴心妙于司马;不刺绣纹倚市门者,王门抱其竽瑟,主第奏其郁轮;朋蛙聚鸺者,豪心作而卷堂,怒目逢而投觺。**(明·倪元璐《倪文贞集》卷五)**

四、虮虱文学

魏晋以后,围绕虮虱,人们写了不少专题作品或相关作品。这些作品虽有虚拟和想象,但大部分具有很强的写实性和针对性。所谓"嘻笑谑浪,刺讥时政"。

一篇题为《虱》的诗歌云:

虱形仅如麻粟微,虱毒过于刀锥惨。

上循鬓发贯绀珠，下匿裳衣缀玉糁。

呼朋引类极猖獗，摇头举足恣餐啖。

晴窗晓扪屡迁坐，雨床夜搔不安毯。

急唤童子具汤沐，奔进出没似丧胆。

童子麾頞代请命，姑责戒励后不敢。

念其昔日到明光，曾游相须经御览。

（宋·赵汝鐩《野谷诗稿》卷三）

李商隐写过一篇《虱赋》，被视为"刺朝士"之作：

亦气而孕，亦卵而成。晨凫露鹤，不知其生。

汝职惟啮，而不善啮。回臭而多，跖香而绝。

这篇《虱赋》被陆龟蒙视为"有就贤避跖之
叹，似未知虱"。故而陆作《后虱赋》"以矫之"：

衣缁守白，发华守黑。不为物迁，是有恒德。

小人趋时，必变颜色。弃瘠涵腴，乃虱之贼。

对此两篇虱赋的宗旨寓意，论者曰："义山托
以兴刺，回贤而贫，贫故臭；跖暴而富，富故香。虱

惟回之啮，而不恤其贤；惟跖之避，而莫敢撄其暴。是亦不善啮矣。世之虐茕独而畏高明，侮鳏寡而畏强御者，何以异于此？义山殆深知虱者。"

"《鲁望》偶有感于趋时之辈，朝卫暮霍，惟疏鬣奎蹄之间望走，以为广宫安室者，故作《后虱赋》以矫之。盖虱惟去身就头，故白变为黑，苟常在衣中，则衣虽黑而虱仍白矣。惟去头就身，故黑化为白，苟常在发中，则发虽白而虱仍黑矣。彼趋时变色，弃瘠涵腴者，岂非恒德之贼乎？意各有存，辞遂相反。非真谓义山不知虱也。"[75]不过这种持平之论似乎不能令人满意。

所以，对李商隐这篇"嫉虱之作"，杨维桢就批评其"未有指斥"。他怀疑"是物者岂其潜于昔而出于今，抑其幸见漏于指斥也"，于是亲自写了一篇《骂虱赋》，对虱子作了愤怒的诅咒，并虚构了一个与虮虱相遇的梦境，在梦中他与虱子进行了一番有趣的对话。虱子首先向杨维桢表示，自己看了杨维桢的《骂虱赋》后，很不满意，因为它只是"小毒小臭"，而作者却不知世界上还有荼毒百姓的贪官污吏这种"大毒大臭"，二者对民之毒害，实不可以道理计。进而，虱子抨击作者避重就轻,舍大取小,打苍蝇不打老虎,实在搞笑。"大毒者,毒无已时;大臭者,臭无穷期。孰为可詈不詈乎？子不穷南山之竹以为辞,而詈予琐琐不已戏乎？"作者若醍醐灌顶,惊悚不已:

　　维尔虱之种类不一也。在狗类蝇,在牛豕类蟏,在人处缁而白、处白而缁者,其么若蚁,不知又有尔类。蟠腹而轻身,纤足而劲觜。或青或绀,或黄或紫。白昼潜藏,昏黑坌起。脱走如珠,狙刺如矢。使人胁不得以帖席,肱不得以曲几。追踪捕痕,若亡若存。遁景朽空,灭迹密纹。汤沐所不能攻,掌指所不得扪。但见肉斑磷其成瘰,肤窒栗其生龟。怒床几而欲剖,避衾褥而欲焚。呜呼,尔虱兮,蜂则有蛋兮蜂可祛,蝎则有螫兮蝎可诛。嗟尔么类,孰能屠腾蛇神兮,殆即且即且狡兮制蝱蛛。嗟尔么类,又谁呿咨？大化之好生,恐一物之弗纾。胡尔恶之,兼毓为吾人之毒茶,饱膏血之毒觜,资肥腯之臭躯。吾将上告司造,殄尔类非无辜也。

　　辞毕,是夜梦有被玄衮裹绛幅而至者,

151

若有辞曰:"吾即见骂尔文者,辞义既严,敢不退避。然吾小毒小臭尔,亦知世有大毒大臭者乎? 奸法窃防,妨化圮政,剥人及肤,残人至命,阚若豺虎,鳌甚枭獍,此非大毒大臭者乎? 为国之病,而司臬不屏,其或分民,音亲曲直,任国是非,义无避位,仁不让师,则丹书是絓,皂棣见遗。彼大毒臭又何惮不为乎? 且吾起伏适节,消息乘机,白露洒空,劲风吹衣,蝉脱而退,莫知予之所归。子试絜。夫大毒者,毒无已时;大臭者,臭无穷期。孰为可詈不詈乎? 子不穷南山之竹以为辞,而詈予琐琐不已戏乎? "

于是,杨子增愤加怖,涕泗不支,霍然而觉,不知虱之所之。(**明·杨维桢《丽则遗音》卷四**)

同杨维桢一样,明朝的顾大韶也对李商隐《虱赋》和陆龟蒙《后虱赋》不满:"李止讥其啮臭,未尽其罪也。陆更赏其恒德,则几好人所恶矣。"故而作《又后虱赋》"以正之"。一开篇,顾大韶就对蚊、蝇、鼠、龟、鳖等生物一一作了谴责,从而为抨击虮虱作了铺垫：

　　若汝虱者，何能为乎？形眇一黍，质无半铢。或入吾裈，或托吾襦。旬日累代，繁孕而居。黑食头垢，白吮身腴。尔类日肥，我貌日癯。瞥焉见察，循裰钻袽。既贪且懦，既钝复愚。肉食之鄙，曾莫汝踰。汤沐既具，汝命难纾。罪不在赦，慎勿怨余。虱闻斯言，匍匐俯伏。静听谴诃，祈缓沸沃。倾耳听之，杳无声触。斋心以聆，若诉若哭。号物万数，惟天并育。蠢动含灵，谁非眷属。身命布施，千圣轨躅。嗟君之量，何其褊促。我食无谷，我啜无菽。天赐我餐，惟血也独。我首无角，我喙无啄。微哂君肌，何遽为酷。君何不广，请观朝局。闻诸商君，吾友有六。皆赐天爵，皆赋天禄。荣妻任子，亢宗润族。吸民之髓，蒙主之目。偾事无刑，废职无辱。嬉游毕龄，考终就木。我羡我友，飞而择肉。我罪伊何，太仓一粟。君欲我诛，盍速彼狱。我闻虱言，怒发上蠹。蕞尔微虫，宁望禽畜。积汝亿命，不比奴仆。敢拟朝士，腾兹谤讟。即汝明刑，岂止汤沐。系之以发，悬之以竹。细条为弓，绣针为镞。弦

153

丝射之，一发洞腹。尸诸棘端，以为大戮。**（《御定历代赋汇》卷一百四十）**

和《骂虱赋》一样，《又后虱赋》也不仅仅是单纯就虱说虱，而是借虱论政。至于其他一些类似作品，也都同样如此。宋朝诗人李流谦《虱叹》云：

得生固幺陋，宅体仍秽卑。
巢穴我襟裾，食饮吾肤肌。
……
处头与物化，遂使白变缁。
称臣托疵贱，名官惭素尸。
扪摸傲逆温，梳爬厌懒嵇。
……
屠门饫雄殆，亦足饱汝饥。
我身如枯株，但有骨附皮。
嘬啮竟何得，馋吻亦及之。
……
汤沐犹宽恩，磔裂乃所宜。
吏贪摩其牙，巨力犹足支。
舐糠及小家，此岂禁鞭笞。

愿作秋禽狝,毋使蔓草滋。

虱去息疴痒,贪惩消怨咨。

仁者恶害人,勿谓伤吾慈。

还有一篇《虱说》写了一个人被虱子咬死,然后作者议论道:

彼其初,壮男子其自以豪侈取匮病,已不可追数,然使斯人当病隙而烘蒸之,则何遽以此物毙哉?彼其终不然者,亦由以微小概之而层复之,为薮泽者厚也,岂不悲哉?嗟乎,岂惟斯人,夫国亦然。当其中叶即莘榖之。近且多为敝兵冗员之所盘食,而况其外而远乎?然人亦概以微小,而其所托于薮泽益厚。故国愈匮病,则兵愈增,官愈浮。盖自古及今,而少有不然者。是故国不虞匮与病也。吾独虞,其不蚤烘蒸,以至于斗之,不尽爬梳熏沐之,不得施,则又何独壮男子也?

(明·胡直《衡庐精舍藏稿》卷十五)

如果说以前人们对虱子大多是讥讽咒骂,徐

155

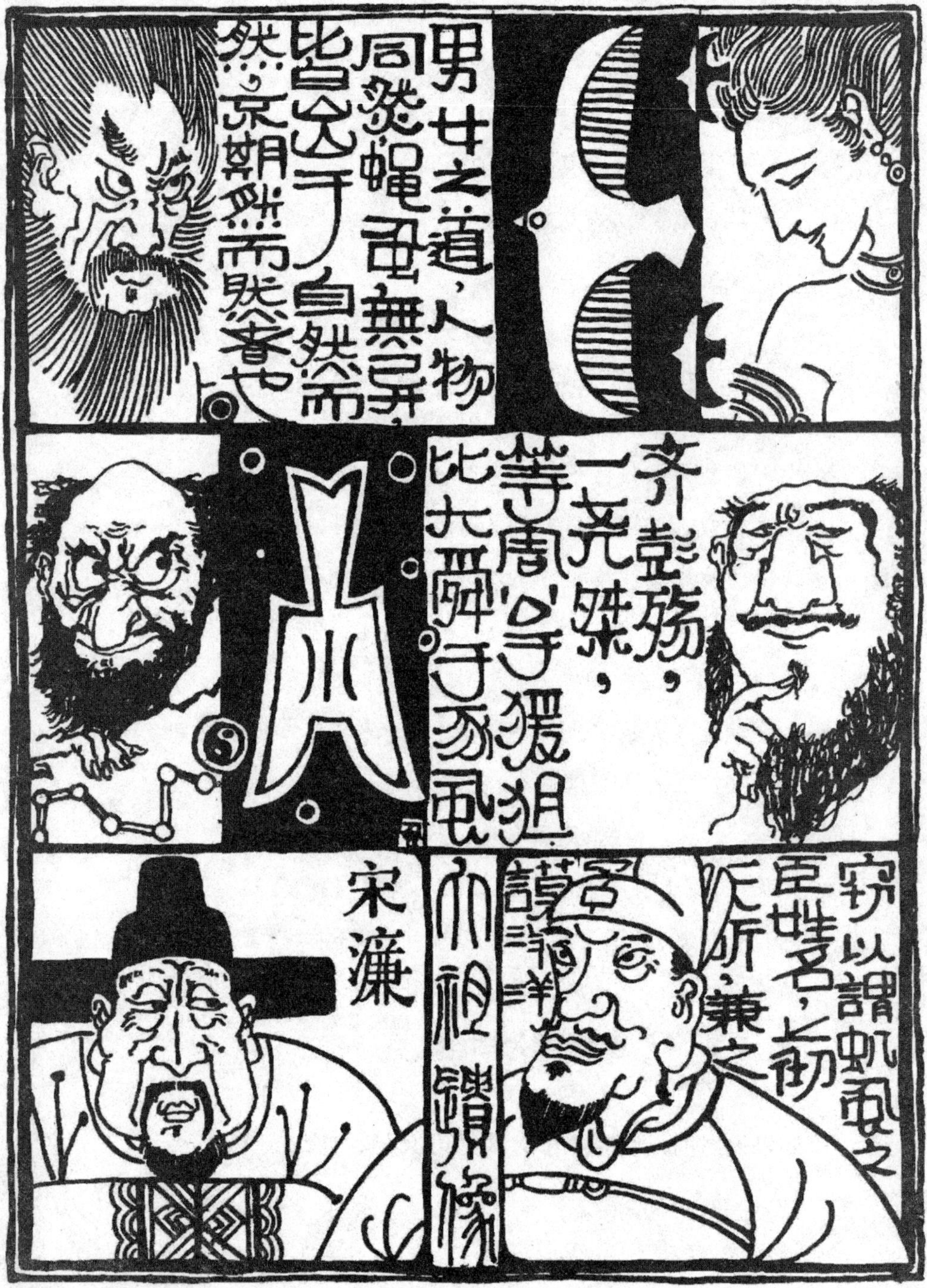

人身有虫

男女之道，人物同然，蝡蝡蠕蠕無异，皆出于自然，然京朝豼豹然者也

齐彭殇，一尧桀，等崇卑，子猨狙，比九州于玊丸

宋濂

太祖讚像

窃以謂虮虱之臣姓名，上初无所聽，兼之

俟斋的《讨虮虱檄》则是对虱子的正式宣战。他视虱为敌,怒不可遏,拍案而起,写下了这篇"典赡可诵"的讨虱檄文。

虮虱者,身惭蚊睫,质细蟭暝。夤缘线索以为生,依附毫毛而自大。聚族而处,岂知蛾子之君臣;迁徙不常,讵有蜂王之国邑。纪昌善射,悬之而贯心;王猛雄谈,扪之以挥尘。固垢秽之滋孽,实锋镝之余生。将军有血战之功,汝依甲胄;穷士贵蠖藏之用,尔处裤裆。厥有常居,毋宜越境;苟为曼衍,必致侵渔。故设汤镬之严刑,重捕获之功令。十日大索,五丁穷追,尔无捍兹三章,人亦宽其一面。尔乃头足方具,便尔鸱张;耳目未定,胡然作孽。惨人肌肤以为乐,吮人膏血以自肥。腹既果然,贪饕未已;形同混沌,蹒跚可憎。投隙抵纤,无微不入;呼朋引类,实烦有徒。时寻蛮触之争,罔睹蜉蝣之旦。以鹑衣为兔窟,高枕安眠;望毛孔为屠门,朵颐大嚼。但知口腹,不畏死亡。尔常噬脐,人犹芒背。遂使缊袍之士,手不停搔;伏枕之夫,卧难帖

157

席。不耕而食，徒知膏吻磨牙；剥床以肤，自侈茹毛饮血。犹恨天衣之无缝，生憎荀令之薰香。嗜肤比于割鲜，矢口矜其食肉。蠕蠕蠢动，曾玷叔夜之龙章；点点殷红，时污麻姑之鸟爪。朗诵阿房之赋，正如苍蝇之泄赦文；僭登宰相之须，何异妖狐之升御座。罪维满贯，恶极滔天，诚罄竹难尽，续发莫尽者也。兹者，渠魁既获，斧钺将施，事急求生，乞怜恨其无尾。计穷就戮，大患以我有身。或愤燃其脐，或戏切其舌。或咀其肉以雪恨，若刘邕之嗜痂；或数其罪而甘心，若张汤之磔鼠。然而未为合律，不足蔽辜。乃选五轮以为兵，排左车以为阵，敛衽成甲，褰裳作旗，巨擘若博浪之椎，利齿同斩蛇之剑。雷訇电击，风扫云驰。夫以槐安国之岩城，犹然齼丑；兜离国之形胜，尚尔犁廷。况乎乌合一旅之师，群居四战之地，裸身无蜕甲之蔽，脆弱无螳臂之搏。将视斩级功多，众拟长杨之献兽。血流漂杵，惨同云梦之染轮。仗我爪牙，穷其巢穴，无易种于新邑，必殄灭之无遗。提汤趣烹，杀之无赦。⑯

此外，还有一些写跳蚤、蚊子和虮子的作品，也连带着对虱子作了一番议论褒贬。宋朝李曾伯《逐蚤吟》云：

> 小物亦气化，炎天以湿生，身眇于芥，喙利于针。虱其形躯而豺其心，不能饮风吸露以自为养，惟务吮人肌血以肥其身。入人寝处间，三三五五，至十数，几以类聚而群分……是大搜以穷其党，散捕以除其根。取而置指甲，一掐正典刑。或付之烘炙，剖然而有声。殆同商君毒流裂秦市，郦生口祸遭齐烹；类同蚍虮聚而竞争食，几与蚊虻冠交相营。驱除一日，并净尽八尺之寝，顿犹绿林盗去，民无惊。（**宋·李曾伯《可斋续稿》后卷十二**）

宋朝孔武仲《憎蝇赋》云：

> 四序之间，可畏者夏。汝司其昼，蚊司其夜。嗟方寸之甚小，为百烦之所舍。乃曰：人于万物，是亦一虫。纷然杂处，大小相攻，今则暂存之气息，至秽之形骸，外有蚤虱，内有

159

蛲蛔，盖与生以终始，非有时而去来。舍此不思，而惟蝇是责，则我亦褊矣。何异拔剑而逐之哉？（宋·孔武仲《清江三孔集》卷三）

五代王周《蚋子赋》云：

虫之至微，名之曰蚋，信乎虮之别品，为复虱之余。裔群巢蚊之异类，结搏牛之深契，附诸郁蒸，产彼芜秽。张华之识，何以辨其两翼？离娄之明，何以见其长喙？伺暑绤之漏露，萃丰肌而睥睨。默然而至，暗然而噬。人之至灵，何阙尔之所卫？人之至刚，何反尔之所制？状斯咄咄，吁于造物。何不恣蛇虺之毒，必当与之为避。何不张虎豹之口，不敢与之为忽。岂其食人之膏血，资已之肥脂？念肤体之何毁，痛疮痏之难没。吾将撷楸叶，以为焚俾，尔之销骨者也。（宋·祝穆《古今事文类聚后集》卷四十九）

宋朝理学家杨慈湖《誉蚊》诗云："以蚊为灵于人。"人们普遍认为："麟凤龟龙，世莫不以为灵物;蚊蝇蚤虱,世莫不以为恶虫。自六朝至宋元,虽文士诗客嘲辞戏语,未有誉蚊蝇蚤虱而贬麟凤龟龙者。况以蚊而贬人乎?"人们评论说这是作者"深入禅学"之作,但并不认同这种一孔之见的偏颇议论。⑦

　　最奇特的是明朝魏学洢所作《猛虎行》一诗。通篇写虎,但处处不离虱。本来风马牛不相及的虎虱关系便有了最耐人寻味的含义。一方面,虱假虎威,"猛虎且勿道,虱乃伏其尻";另一方面,捉虱忌器,"壮士困颠踬,虱喙纷相挠"。捉虱必惊虎,虎惊必伤人。"扑虱误惊虎,灭影苦无术。"诗人无奈地感叹:"愤语行路人,且复忍此虱。"在这种情况下,猎人只能等待老虎自己的死亡。"猛虎有死日,虱乎何有哉?"于是猎人天天上山窥看老虎什么时候死。"朝窥北山头,猛虎死耶非? 暮窥北山脚,猛虎死耶非?"因为他知道只有等到"虎尾偶一掉",才能"虱失尻间窍"。诗中的政治寓意很明显。"北山有猛虎,不牝亦不牡。哀哀无辜人,吞噬十而九。"虎是天子朝廷,虱是贪官污吏。二者狼狈为奸,沆瀣一气,同流合污。顺着这个思路,不难得出反贪官也要反皇帝的合理结论。

161

五、人性如虱的宇宙哲理

中国古人在探讨人生、人性，以及人之起源时，常常举虱为例，予以阐发："天地之初，如何讨个人种，自是气凝结成两个人，后方生出许多万物。所以先说乾道成男，坤道成女。后方说化生万物。当初若无那两个人，如何有而今许多人？那两人便似而今人身上虱子，是自然爆出来。"[⑦]"万物之中，人为最灵。盖人亦物中之一耳。岂有忽然而人生其间，如新衣生虮虱之理。"[⑦]"天地始生之事，不可知者无涯，安能以概之中古乎？抑或以虱有无种而生者为喻。虱之一日当人之十年，百人之身。百日之内，必有特生之虱。自稷以来历数千年，尽四海，何无一特生之人也？"[⑧]

有时人们还将人虱二者放到一起讨论宇宙生命起源之类的宏大问题。"腐草为萤，朽木生蠹，湿气生虫，人气生虱之类，无非气化也。"[⑧]这种"气化"说最初源于《易传》："天地感而万物化生，圣人感人心而天下和平。观其所感而天地万物之情可见矣。"人们又进一步发挥了这种理论，

认为："男女之道，人物同然，蝇虱无异，皆出于自然而然，不期然而然者也。"⑧这里既有宇宙创世说的程序，"虮虱生之洲沼，创出虫鱼产焉。一气之初，万物相见，故虽天地必有初也。按《谈薮》云：'道言天地初辟，一日为鸡，二日为狗，三日为猪，四日为羊，五日为牛，六日为马，七日为人。'盖贱者易生，贵者难育。"⑧也有五行相生说的逻辑，"火之废气为蝇，水之废气为蚊，土之废气为蚤，木之废气为壁虱，金之废气为人身之虮虱，盖金主刑。人将有疾病，或祸患之将至，则身必生虱。"⑧

人们在解释地球运动原理时，也借助于人虱关系加以形象说明："地行而人不知者，何也？曰：譬若附骥之蝇，日及千里而不自知其远也；又如虮虱在身人，虽疾行而虮虱犹以为静也。"⑧

这些人虱类比的繁杂话语，其逻辑明显包含有人生如虱的深刻观念。"人生虮虱，万古刹那。彭乔邈矣，寿命几何？"⑧天生人，人生虱。"天能生人，人亦生人。古皇之生，天生人也；羊叔子生从邻家貌，人生人也……故虮虱在体，有自生者，有抱虮虱生者。"⑧但由于"人之生虱，人止一个，而所生之虱个个有对"⑧，所以《抱朴子》就认为："虱

生于我，我非虱之父母，虱非我之子孙也。"因为，
"蚤虱，至微也，天地生之以食人"[89]；"蚤轻而儇，
虱淫而贪，皆君身之食客"[90]。总之，"蚤虱生裳衣，鱼
枯生虫肉，腐蠹理有常"[91]。虱子寄生于人身，人寄
生于天地，寄生于国家，寄生于权力。"人在天地之
间，如蚤虱在衣裳之内，若蚁蝼于巢穴之中。"[92]

　　此外，古人还注意到人性与虱子之间存在诸
多相似之处。比如，人怕死，虱子也是。"盖闻世间
至重者生命，天下最惨者杀伤，是故逢擒则奔，蚔
虱犹知避死，将雨则徙。"[93]这就是"蝼蚁尚且贪
生"的道理。又如，趋利避害是人之本性，虱子亦
然。"虱入豕栅，议择食曰：'肥豕不度腊。'相与食
其瘠者。"[94]所以，人们感叹："吾欲告尔以养性，诲
尔以优游，而与蚔虱同性，不听我谋悲哉。"[95]

　　正因人虱之间这种密切而又相仿的关系，所
以古人很自然地将某种猥琐的小人看作蚔虱。
"蚤虱细小，阴恶之物，但知咂人膏血以自养。此
状小人之残民也。八以阴暗，是小人临政，专务残
民养已，宜其危也。"[96]"君子从其大体，来居于内，
得君行道，则如凤凰之出世，如麒麟之呈祥。小人
从其小体，往居于外，处困失势，则如蚔虱之去

衣,如赢豕之遇梐。"⑰进而把那些迂腐不堪的文
人比作虱子:"世之陋儒,其智如虱,不出裩裆,敝
精神于《尔雅》虫鱼之蹇浅,而略无超然。"⑱

六、人生如虱的政治意识

在中国文化中,虮虱的核心是"卑"。它包含
卑贱、卑微、卑陋、卑下,甚至卑鄙等诸多微妙的
寓意。当虮虱用于指称人物时,这种"卑"的含义
就更为凸显。比如,《韩非子》中记载:"子圉见孔子
于商太宰。孔子出,子圉入请问客,太宰曰:'吾已
见孔子,则视子犹蚤虱之细者也。吾今见之于君。'
子圉恐孔子贵于君也,因请太宰曰:'己已见孔
子,孔子亦将视子犹蚤虱也。'太宰因弗复见也。"

随着虱子渐渐变成人们口中的习惯用语,虮
虱便被用来比喻各种身份的人。

把圣人比作虱子:"齐彭殇,一尧桀,等周公
于猨狙,比大舜于豕虱。"⑲

把诸侯王比作虮虱:"葛王见杀宗敏,问于众
曰:'国王何罪而死?'乌达曰:'天许大事,尚已行
之,此虮虱尔,何足道者。'"⑳

165

把贪官比作虱子："天予丰年，所以惠民，官反嚼之，是国之虱也。"⑩

把朋党比作虮虱："究虮虱之党与，纵豺狼之驰骛。"⑩

把奸佞之徒比作虱子："以尧大圣去四凶，如掇虮虱耳。"⑩

把宦官比作虮虱："袁绍尽诛汉宦官于前，而董卓弱汉；崔胤袭之尽诛唐宦官于后，而全忠篡唐。犹恶衣之虱而焚之，患木之蠹而伐之耳。"⑩

把普通兵卒比作虮虱：⑩"白起发一疑心，坑虎士如虮虱。"⑩

把小人比作虱子："疏附之小人如蚤虱，然只以自取危厉而已，不足赖恃也。"⑩

把盗贼比作"蚤虱之徒"："大海戢鲸鲵，群盗犹虮虱。"⑩

把敌人比作虮虱："遇贼辄歼，如手扪虱。"⑩

把蛮夷比作虮虱："我天子是大圣人，以天下为度，视尔小夷欺扰，犹虮虱搔痒于皮肤也，岂足为计。"⑩

把敌国比作虮虱："吾国视契丹如蚤虱耳，以其无害不足爬搔。"⑩

把百姓比作虱子："人民多若蚤虱，蚤虱众多则地痒也。"[11]

在这些形形色色不一而足的比拟中，将蚍虱用于指称百官，则是最为普遍的一种政治称谓。这种称谓其实也是官员的自喻。这种自喻一般包含有两种用法。一种是使用于官僚之间。这种情况又可分为两种：①上下级官员之间的大小对称。所谓"有凤凰之官，则必有蚍虱之使"[12]。②官员之间的相互鄙视。南宋一个叫余嚞的官员，"上书乞斩朱熹，绝伪学，且指蔡元定为伪党"，激起同僚中有识之士的不满："余嚞蚍虱臣，乃敢狂妄如此。"[13]一种是使用于君臣之间，即用来表征尊君卑臣的政治意味。相形之下，"蚍虱臣"这一称呼单纯使用于官员之间相当少见，属于特异用法，倒是君臣之间用得更多，属于习惯用法。

臣子自比蚍虱，是对自我身份的角色辨认，同时更是为了强调自己面对君主时的那种绝对的卑微和敬畏："臣草茅蚍虱，至贱极微，叨与生成，敢忘覆载，寸心有见，妄渎圣聪，至万余言中犹丝棼，陛下幸察。臣愚爱君爱国，无有他也。臣不胜瞻天望圣，俯伏屏息待罪之至。"[14]"伏望陛下

167

不以蚍虱小臣之言,特赐圣鉴。"[11]"幸上圣明能容之,蚍虱臣无憾矣。"[14]至于一些诗歌中,表达更为生动:

> 皇帝神武姿,干戚威远布。……自嗟蚍虱臣,未获目一寓。(清·李卫等《畿辅通志》卷一百十八)

> 顾予蚍虱臣,至喜动微忱。兹愿倘可遂,庶慰吾皇心。(元·李继本《一山文集》卷一)

古人关于臣子有诸多称谓。在所有称谓中,"蚍虱臣"无疑是一个最具政治寓意和象征意味的词语,同时也是一个最具思想内涵的政治符号。用虱子来比喻官员,或官员自比为虱子,暗示出官员的深刻自卑。当然,官员这种"蚍虱臣"的自卑,只是限于面对君主。因为它是专制君主有意造成的一种心理定式,其意图在于使官员时刻提醒自己对君主的依附性身份,从而对君主始终保持敬畏和谦卑,而免于犯上作乱。至于面对百姓,"蚍虱臣"显然就不再自卑,而是自负。因为只有吃皇粮的官员才有资格自称"蚍虱臣"。这样,在百姓面前,"虮虱臣"则是虎狼吏。可见"虮虱臣"的卑微只是限于君臣之间的一种特定观念和心理。

　　唐朝诗人卢仝第一次使用了"虮虱臣"的说法。其《月蚀诗》云:"地上虮虱臣仝告愬帝天皇。臣心有铁一寸,可剚妖蟆痴肠。"这里值得注意的是,卢仝是以"地上虮虱臣"的身份上告天帝。可见,"虮虱臣"有时也可用于人神之间或天人之际。苏轼几乎一板一眼地重复了这首诗的内容:"玉川狂直古遗民,救月裁诗语最真。千里妖蟇一寸铁,地上空愁虮虱臣。"[17]另一位诗人也写道:"谁令旱魃逞神奸,怅望西畴一雨悭……地上小臣真虮虱,祷祈无效祇惭颜。"[18]

　　自唐宋始,"虮虱臣"一语逐渐变得流行起来。无论文人的诗文,还是官员的公文,都能经常看见这类词汇。比如:"臣以虮虱贱臣,窃日月之末光。近者蒙陛下简眷擢兼记注,获与右舍人分立于螭陛。"[19]"某比以目眚腹疾,两上丐闲之请,荐颁睿旨,弗允愚忱,虮虱贱臣岂应更烦公朝,以渎天听。"[20]

　　官员在感谢皇帝赏赐时,也往往自称"虮虱臣"。比如,宋朝政治家周必大在写给皇帝的《谢

赐新茶奏状》中说："右臣今月三十日，承中使李肃传奉圣旨，赐臣出格新茶二十。夸者进紫笋之茶，及清明之宴，自唐而后，奉先为先宁，容蚁虱之臣，首拜云天之渥。"[121]

官员外放到任后，也会自称"虮虱臣"叩谢皇恩。一位温州太守到任后在给皇帝的谢表中说："臣虮虱贱臣，久窃廩廪，圣恩隆厚，起授虎符。去秋八月五日，伏承制书，除臣温州太守。"[122]

"虮虱臣" 作为于君臣关系中出现并流行的一个新词，其本质含义是尊君卑臣的进一步极端发展。元人偏爱使用"虮虱臣"所体现出的低贱意味，似乎表明君臣关系包含有更多更深刻的政治寓意：

大元天子壮陪京，尽蔽燕云作苑城。彩凤应门千仗肃，苍龙双阙五云明。千秋日月低宸极，万国衣冠拜紞纮。虮虱小臣何所祝，年年嵩岳听呼声。**（元·王恽《观光三首》，《秋涧集》卷十七）**

岩廊吁咈处工矔，万死犹难谢世艰。为念民碞深顾畏，自裁书诏尽防闲。求贤不啻

饥和渴，发政常先寡与鳏。虮虱小臣虽片善，一时鳞翼尽期攀。（**元·王恽《即事三诗奉呈干臣明府诗友》，《秋涧集》卷二十**）

全家温饱荷恩荣，阖郡清宁岁屡登。虮虱小臣何所报，一公之外复何能。（**元·王恽《甲戌岁门帖子》，《秋涧集》卷二十六**）

宋濂似乎特别喜欢使用"虮虱臣"这个词语。如果联想到宋濂就生活在朱元璋的暴戾统治之下，便不难理解他对虮虱臣的偏爱显然包含某种刻意炫耀的自卑意味。炫耀自卑是为了自保：

臣仰惟圣学高远，犹天之不可阶而升也。其发为宸章，丽日卿云照临下土，固非虮虱小臣赞咏所能尽。至于宽仁峻德，优遇旧勋，及宠异文学侍从之臣，恩意两尽。（**明·宋濂《恭题御赐文集后》，《文宪集》卷十三**）

皇汉时曾降天禄阁，以《洪范》五行授刘向，若今意有何图第言之，吾当有以处若也。濂再拜曰：下土虮虱臣不自料，得接休光，以沐浴神化，亦既幸矣，复不以臣之微贱。（**明·**

171

宋濂《太乙玄征记》,《文宪集》卷二十八)

窃以谓虮虱之臣姓名,上彻天听,兼之圣谟洋洋,戒勒深至,真所谓千载一时者矣。**(明·宋濂《恭题御训谈士奇命名字义后》,《文宪集》卷十二)**

虮虱姓名不能上干天听,幸赖圣天子明见,数千里外,复以使君,惠我加我,幸莫大焉。**(明·宋濂《送魏知府起潜复任东昌序》,《文宪集》卷八)**

对极度敏感的乾隆帝来说,自视甚高的士大夫哪怕自我贬低为虮虱,同样不能令他满意,反而令他愤怒。乾隆二十年,上谕云,胡中藻《自桂林调回京师》诗曰"虱官我曾惭","无非怨怅之语"。乾隆帝表示,"若胡中藻之诗,措词用意,实非语言文字之罪可比。夫谤及朕躬犹可,谤及本朝则叛逆耳。"说着,乾隆帝不忘敲打和恫吓百官。"朕更不得不申我国法,正尔嚣风,效皇考之诛查嗣庭矣。且内延侍从、曾列卿贰之张泰开,重师门而罔顾大义,为之出资刊刻。至鄂昌身为满洲世仆,历任巡抚。见此悖逆之作,不但不知愤

恨,且丧心与之唱和,引为同调。其罪实不容诛。此所关于世道人心者甚大,用俾天下后世,共知炯鉴。"清朝一位佚名作者针对胡中藻之狱,评论道,"康熙间屡次文字狱,虽文网深密,然因天下未定,其所对付者,亦半属实意为难之人。霸者为自卫计,尚非得已也。至如乾隆间胡中藻一案,观其成谳之词,真可以'莫须有'三字尽之矣。且在彼时,何必更作如是手段?而竟作如是手段者,则高宗与圣祖世宗才略之高下,亦可见耳。"㉑乾隆帝对诗文的病态挑剔和苛责,与其说才略不及祖父,不如说心态有异父祖。当然不宜轻易说乾隆自卑,但确实可以说他缺乏自信。当他将专制皇权扩大到空前的"中外臣民",令其"咸知儆惕"时,自己反而变得脆弱和惶惑起来。

客观而论,乾隆帝对"虱官"的处置虽然严厉且恐怖,但并未影响"虮虱臣"在政治观念上的共识性使用。事实上,"虮虱臣"作为官员的自我定位,确实将君臣之间的皮毛关系进一步明确化了。"皮之不存,毛将焉附。"君皮臣毛的制度格局,使得臣子对君主的依附更为严重。正像虱子寄生于人身一样,臣子也寄生于皇帝。"虮虱臣"的政治

寓意就在于，臣子的一切端赖于君主的恩赐。"地上皇皇虮虱臣，着衣吃饭亦君恩。"[126]正因如此，"小臣贱妾虮与虱，务令一一尽其愚"[127]，因为"微臣官蚁虱，无力报乾坤……朝市山林上，无非荷国恩"[128]。陆游做史官时曾表示："区区牛马走，龊龊虮虱臣。恩深老不报，肝胆空轮囷。"[129]

"虮虱臣"是皇权主义观念—实践的话语呈现。自觉而熟练地使用这一词语，可以使人们心理上毫无障碍地认同和信奉皇帝的权威。一位史官曾情真意切地倾诉："小臣微贱等虮虱，召对上殿瞻天威。诏从太史校金匮，每旦珥笔趋彤闱。春游禁苑侍鹤驾，冬祀泰畤随龙旗。有时青坊坐陪讲，宫壶满赐沾恩辉。"[130]一位官员在宫中值班时，因奉"御笔宣唤"，情不自禁地有感而发："虮虱小臣惟感愧，姓名衣被五云章。"[131]有人听到皇帝的死讯，悲痛欲绝地表示："八十衰黎死境临，来传尺一痛难禁。虞渊怆日江湖泪，杞国伤天虮虱心。负扆周公正思画，解民虞舜未亡琴。白头病枕茅茨下，时梦新君在谅闇。"[132]在虱臣与君恩的词语对应中，即便捉虱也能令人自然联想到浩荡皇恩："坐令铁衣扫虮虱，四海挟纩怀君恩。"[133]

虽然也有官员不知天高地厚地宣称"貂蝉公不施霖雨,虮虱臣能补漏天"[13],但这种自以为是更多是一种士大夫的自恋。尽管也偶有官员表示"万里鹍鹏何必羡,一官虮虱不如无"[13],但更多的人还是万分留恋"虮虱臣"的名位:"心虽衔去国之哀,未替忧时之虑,每切缨冠而往救,何曾袖手以旁观。自怜牛马走之微,谁念虮虱臣之意?园蔬未鞠,幸叨倚席之闲,茅舍虽荒,且缓来归之赋。"

注释

① 《庄子·徐无鬼》。

② (宋)褚伯秀《南华真经义海纂微》卷八十。

③ 《韩非子》卷八。

④ (宋)罗愿《尔雅翼》卷二十六。

⑤⑦ 《商子》卷五。

⑥ 《商子》卷一。

⑧ 《商子》卷二。

⑨ 《商子》卷三。

⑩ (宋)孔武仲等《清江三孔集》卷十八。

⑪ (唐)杜牧《樊川集》卷三。

⑫ 《韩非子》卷七。

⑬（汉）王充《论衡》卷十五。

⑭（汉）王充《论衡》卷二十四。

⑮（汉）王充《论衡》卷二十五。

⑯（明）唐顺之《稗编》卷四十四。

⑰（宋）黄震《黄氏日抄》卷五十七。

⑱⑲（汉）王充《论衡》卷三。

⑳（唐）释道宣《广弘明集》卷二十六。

㉑（清）徐树谷笺，（清）徐炯注《李义山文集笺注》卷十。

㉒（汉）高诱注《淮南鸿烈解》卷二十。

㉓（清）陆世仪《思辨录辑要》卷二十一。

㉔（宋）陈师道《后山集》卷六。

㉕（明）薛瑄《读书录》卷四。

㉖《二程遗书》卷十八。

㉗《朱子语类》卷一。

㉘《朱子语类》卷九十四。

㉙（清）陆世仪《思辨录辑要》卷二十三。

㉚《朱子语类》卷十七。

㉛（唐）玄奘述、（唐）辩机撰《大唐西域记》卷二。

㉜（唐）道世《法苑珠林》卷八十九。

㉝《广弘明集》卷二十七下。

㉞(唐)道世《法苑珠林》卷八十七。

㉟(唐)道世《法苑珠林》卷九十。

㊱(明)刘基《诚意伯文集》卷八。

㊲(明)唐文凤《梧冈集》卷一。

㊳(宋)赞宁《宋高僧传》卷十九。

㊴(宋)赞宁《宋高僧传》卷二十四。

㊵㊶(宋)惠洪《林间录》卷上。

㊷(清)查慎行《敬业堂诗集》卷四十三。

㊸(宋)阮阅《诗话总龟》卷三十七。

㊹(宋)朱熹编《二程外书》卷八。

㊺(清)丁治棠《仕隐斋涉笔》卷三。

㊻(清)潘永因编《宋稗类钞》卷六。

㊼(元)许有壬《至正集》卷六十九。

㊽(元)陶宗仪《说郛》卷二十七。

㊾(清)陈康祺《郎潜纪闻初笔》卷八。

㊿(明)胡应麟《少室山房集》卷六十六。

51(宋)许纶《涉斋集》卷四。

52(元)王逢《梧溪集》卷四。

53(宋)陆游《剑南诗稿》卷二十四。

54(清)阮葵生《茶馀客话》卷十一。

55(宋)李昭玘《乐静集》卷九。

㊶按：魏晋上层社会的饮食起居已经达到极度奢华和精致的水平，比如对厕所的过度讲究已经达到了超级享受的程度："石崇厕，常有十余婢侍列，皆丽服藻饰。置甲煎粉、沈香汁之属，无不毕备。"(《世说新语·汰侈》)但恰恰在这个时期，人们谈论虮虱陡然密集和热烈起来。这或许不是巧合。

㊷(金)赵秉文《滏水集》卷二。

㊸(明)钱穀《吴都文粹续集》卷二十。

㊹(明)徐祯卿《迪功集》卷一。

㊺(清)吴绮《林蕙堂全集》卷十九。

㊻(宋)蒲寿宬《心泉学诗稿》卷二。

㊼《晋书》卷四十九。

㊽(宋)祝穆《古今事文类聚前集》卷三十三。

㊾(明)祝允明《怀星堂集》卷十。

㊿(明)陈谟《海桑集》卷九。

66(宋)苏轼《东坡志林》卷八。

67(宋)叶适《习学记言》卷三十。

68(宋)叶梦得《避暑录话》卷上。

69(元)陶宗仪《说郛》卷八十三下。

70(宋)刘才邵《檆溪居士集》卷十。

○71（明）王世贞《弇州续稿》卷一百九十四。

○72（明）贺复征编《文章辨体汇选》卷二百三十八。

○73（明）刘基《诚意伯文集》卷四。

○74（金）刘祁《归潜志》卷一。

○75（清）徐树谷笺、（清）徐炯注《李义山文集笺注》卷十。

○76（清）况周颐《续眉庐丛话》。

○77（明）杨慎《升庵集》卷八十一。

○78（明）朱鉴《文公易说》卷九。

○79（元）王申子《大易缉说》卷二。

○80（明）王夫之《诗经稗疏》卷三。

○81（明）章潢《图书编》卷七。

○82（清）包仪《易原就正》卷六。

○83（元）刘埙《隐居通议》卷二十八。

○84（清）阮葵生《茶馀客话》卷二十。

○85（清）胡煦《周易函书约存》卷四。

○86（清）魏裔介《兼济堂文集》卷十六。

○87（清）毛奇龄《西河集》卷二十三。

○88（清）刘琯《大易阐微录》,《四库全书总目》卷十。

(89)(清)陈元龙《格致镜原》卷九十七。

(90)《御定历代赋汇》卷一百四十。

(91)(宋)吕希哲《吕氏杂记》卷下。

(92)(唐)马总《意林》卷三。

(93)(明)高濂《遵生八笺》卷二。

(94)(宋)曾慥编《类说》卷二。

(95)(唐)欧阳询《艺文类聚》卷十七。

(96)(明)叶子奇《太玄本旨》卷一。

(97)(元)胡震《周易衍义》卷三。

(98)(明)梅鷟《尚书考异》卷一。

(99)(宋)姚铉编《唐文粹》卷九十五。

(100)《金史》卷六十九。

(101)《广东通志》卷四十二。

(102)(元)胡祗遹《紫山大全集》卷八。

(103)(宋)范浚《香溪集》卷六。

(104)(元)陈栎《历代通略》卷二。

(105)(宋)潘自牧《记纂渊海》卷五十二。

(106)(宋)林希逸《竹溪鬳斋十一槁续集》卷二十五。

(107)(清)施闰章《学余堂诗集》卷八。

(108)《钦定皇舆西域图志》卷首四。

⑩（明）胡世宁《胡端敏奏议》卷十。

⑪《旧五代史》卷七十。

⑪（明）陈耀文《天中记》卷七。

⑪《御定历代赋汇外集》卷三。

⑪《宋史》卷三百九十四。

⑪（明）何孟春《何文简疏议》卷一。

⑪（宋）员兴宗《九华集》卷七。

⑪（宋）员兴宗《九华集》卷十六。

⑪《东坡全集》卷十。

⑪（宋）虞俦《尊白堂集》卷二。

⑪（宋）吴泳《鹤林集》卷十九。

⑫（宋）吴泳《鹤林集》卷二十四。

⑫（宋）周必大《文忠集》卷一百二十四。

⑫（宋）吴泳《鹤林集》卷十六。

⑫《康雍乾间文字之狱》。

⑫（宋）戴复古《石屏诗集》卷五。

⑫（明）黄淳耀《陶庵全集》卷十二。

⑫（清）顾嗣立编《元诗选二集》卷六。

⑫（宋）陆游《剑南诗稿》卷五十二。

⑫（明）高启《大全集》卷九。

⑫（明）苏伯衡《苏平仲文集》卷十五。

⑬(明)沈周《石田诗选》卷五。

⑬(宋)沈与求《龟溪集》卷一。

⑬(元)方回《桐江续集》卷十。

⑬(元)仇远《山村遗集》。

第六章

以虫为趣

人身有虱

一、以虱为名

　　春秋时,人们已经发展出了一整套系统的命名理论:"名有五:有信,有义,有象,有假,有类。以名生为信,以德命为义,以类命为象,取于物为假,取于父为类。不以国,不以官,不以山川,不以隐疾,不以畜牲,不以器币。周人以讳事神,名终将讳之。故以国则废名,以官则废职,以山川则废主,以畜牲则废祀,以器币则废礼。晋以僖侯废司徒,宋以武公废司空,先君献、武废二山,是以大物不可以命。"①但实际上,"按春秋诸侯公子卿大夫之名,犯此者甚众"②。以虱子为例,"魏公子、楚太子皆名虮虱"③,"燕有缪虮,韩有公子虮虱"④。

　　这里最值得注意的是韩国公子虮虱。韩襄王

仓为秦所灭，"少子虮虱生信，汉封韩王"⑤。学者注意到，以虮虱为名者"沿及汉初犹然。如瘦疥、疵痤、虮虱、狗彘、掉尾之类，见于《史》《汉》者不可枚举"⑥。

唐朝已经无人用虱子起名，但仍有与之发生联系者。"唐司空李蠙始名虬，赴举之秋，偶自题名于屋壁，经宵忽睹名上为人添一画，乃成'虱'字矣。蠙曰：'虱者，蠙也。'遂改名蠙，明年果登第。"⑦《康熙字典》解说蠙为"珠名"，"蚌之别名"。《汉语大词典》解说蠙为"珍珠"，"蚌名"。无论字音还是字义，实不知蠙与虱有何关系。这或许可以解释为，李蠙觉得虱字不雅，于是就顺手改为蠙，并胡乱解释说"虱者，蠙也"。这则轶事似乎表明，唐朝人已经不愿用虱子作名。所以宋人就明确判断，命名风俗已起了根本变化："古人名黑臀、黑肩、牛虱、犬子，今不以为雅。"⑧

二、以虱为的

或许因为古人家居生活中早有"悬虮虱于床枙之间，闭其耳目而忘其筋骸"的日常经验，故而

才会在谈论射箭时,不约而同地使用了虱子这个不起眼的小小道具。"羿之教人射也,教以悬虱于窗,视之三年,大如车轮。此飞卫之术,两目分光而用之,视以神,不视以目者也。"⑨据传庄子曾说:"七日而虱大如车轮。但言其视虱,非言其学射也。若夫射,则彼习之有素矣。"⑩稍后的《列子·汤问》更是将用虱练箭演绎成一个完整、有趣的故事:

> 甘蝇古之善射者,弯弓而兽伏鸟下。弟子飞卫学射于甘蝇,巧过其师。纪昌又学射于飞卫。卫曰:"视小如大,视微如着,而后告我。"昌以牦垂虱于牖间,南面而望之,旬月之间浸大也,三年之后,如车轮焉。乃以燕角之弧,朔蓬之干射之,贯虱之心而垂不绝。昌既尽卫之术,计天下之敌己者,一人而已。乃谋杀卫。一日相遇于野,二人交射中路,矢锋相触,坠于地而尘不扬。卫之矢先穷,昌遗一矢既发,卫以荆棘之端扜之,而无差于是。二人相拜于涂,请为父子(**宋·祝穆《古今事文类聚前集》卷四十二**)。

春秋时，人们已经发展出了一整套系统的命名理论……名有五：有信，有义，有象，有假，有类。以名生为信，以德命为义，以类命为象，取于物为假，取于父为类。不以国，不以官，不以山川，不以隐疾，不以畜牲，不以器币。周人以讳

这个故事在后世演绎出各种不同的版本。故事的演绎总是越来越曲折生动,更具细节性和戏剧性。一种说法是:"纪昌以牦悬虱于牖,南面而望之,二年之后,如车轮焉。以观余物,皆丘山也。"⑪清朝时,这个故事终于定型下来:

甘蝇古之善射者,彀弓而兽伏鸟下,弟子名飞卫,学射于甘蝇,而巧过其师。纪昌者,又学射于飞卫。飞卫曰:"尔先学不瞬,而后可言射矣。"纪昌归,偃卧其妻之机下,以目承牵挺。二年之后,虽锥末倒眦而不瞬也。以告飞卫,飞卫曰:"未也,亚学视而后可,视小如大,视微如著,而后告我。"昌以牦悬虱于牖,南面而望之,旬日之间浸大也;三年之后,如车轮焉,以睹余物皆丘山也。乃以燕角之弧,朔篷之簳射之。贯虱之心而悬不绝。以告飞卫,飞卫高蹈拊膺曰:"汝得之矣。"纪昌既尽卫之术,计天下之敌已者一人而已,乃谋杀飞卫。相遇于野,二人交射中路,矢锋相触而坠于地,而尘不扬。飞卫之矢先穷,纪昌遗一矢既发,飞卫以棘刺之端扞之,而无差

焉。于是二子泣而投弓，相拜于涂，请为父子。克臂以誓，不得告术于人。**（清·马骕《绎史》卷一百一十二上）**

除了整个故事更为丰富、情节更为合理外，结局更为意味深长。所谓"克臂以誓，不得告术于人"，暗示着箭术由此成了家传绝学，从而得以避免以后师徒间再次发生此类相残的悲剧。

总之，在漫长的岁月中，这个故事不断地演化出多个成语（如"虱如车轮""巧能中虱"），并成为人们谈论问题的习惯说法和常见比喻。比如，称善射曰："遨游蚁目辨轻尘，蚊睫成宇虱如轮。"[12]古人不但为此作画，还为之赋诗。南宋郑思肖《纪昌贯虱悟射图》云："从来绝艺欲超伦，何止弯弓用意深。觑破微尘微极处，忽开大地见红心。"[13]至于诗人信手拈来的诗句更是屡见不鲜。比如："谓鳌可钓无传法，视虱如轮有悟时。"[14]"观德仍观绝艺希，虱悬秋发射侯微。"[15]"贯虱工深知学进，屠龙技巧与心期。"[16]

唐朝乔潭的《破的赋》对射虱典故进行了富有诗意的描述：

飞卫学射于逢蒙，希其术，穷搜董蒲白羽之箭，获燕角绿沉之弓。怅望陇云，徘徊朔风，以为隼必获于墉上，雀无全于彀中。于是乎，择素士张，画侯韬朱，膊捍韦鞴。既垂橐以弦弧，亦启箙而抽镞。内审其志，外专其目。释思其平，去务其速。落残月于象弭，飞明星于金镞，宜易易而获禽，翻兢兢而失鹄。乃杜门三年，犹乎象人。听之以气，视之以神。秋毫如山，虱心如轮。高其小物，申以岁贡，从容君所，无复命中。不知矢之所加，弦之所控。引之而满，纵之而送。以无心为心，若梦不梦。斯焉而发遄，騞然而通洞。(《御定渊鉴类函》卷三百二十四)。

至于一些话题和话语中，虱箭为喻更是频频出现。

得中道者，有除害之勇，而出以纡徐。审视而后发，矢中虱之心，而悬不绝也。(明·魏浚《易义古象通》卷六)

象先问:参前倚衡正是慎独工夫否?先生曰:正是如养由基穿杨中虱一般。初见虱心极小,久后见得虱心如许大,然后发无不中。做忠信笃敬工夫,念念不忘,亦能如此。**(明·吕柟《四书因问》卷四)**

学之有矩,譬如射之有的也。当其志时,射力未到,而其心眼无刻不在的上。故仰卧三月,而射可贯虱。其能贯虱者,其神自来,其仰卧不舍者,其志先定也。**(明·周宗建《论语商》卷上)**

性道与仁,如何言说,鼓舞不倦,只是文章,孟子亦说乐善不倦。古今多少圣贤,不敢于江汉源头酾歌鼓掌,奈何动指蚤虱,以为车轮也。**(清·黄宗羲《明儒学案》卷五十六)**

夫作者经之其勤至矣,积冲妙于灵府,假锋锉于纤指,盖以神遇,宁将目视。因乎有用之质,造彼无间之理,何剞劂之一变。若儇跳之仪止,伊竹间之猿父,大小相殊相,木杪之猕猴,依凭酷似,若乃征物类较,能不贯虱心者,未喻其精微。**(唐·杨弘贞《刺猴赋》,《御定历代赋汇》卷一百四)**

惑于听者，以声之至细为巨，若闻蚁战，以为牛斗是也。眩于视者，以形之至微为大，若视贯虱，如车轮是也。古之贤妃，志在辅佐君子，痞痒不忘。眩惑于视听，故以苍蝇之声为鸡之鸣，正以蚁为牛之类也。以月出之光为东方之明，正以虱为轮之类也。**（宋·范处义《诗补传》卷八）**

注释

①《左传》桓公六年。

②⑥（清）王士祯《池北偶谈》卷二十三。

③（清）沈自南《艺林汇考·称号篇》卷二。

④（明）陈士元《名疑》卷二。

⑤《新唐书》卷七十三。

⑦《太平广记》卷一百三十八。

⑧（宋）宋祁《宋景文公笔记》卷中。

⑨（清）胡煦《周易函书别集》卷十五。

⑩（清）黄宗炎《周易寻门余论》卷下。

⑪（宋）祝穆《古今事文类聚后集》卷四十九。

⑫（明）冯惟讷《古诗纪》卷八十四。

⑬（宋）陈思编、（元）陈世隆补《两宋名贤小

集》卷三百七十一。

⑭（宋）刘克庄《后村集》卷十六。

⑮（元）程文海《雪楼集》卷二十八。

⑯（元）洪希文《续轩渠集》卷五。

天乱不言

作为小说中的一个具体意象,虱子灵动且感性,其所指称的内容和表达的意思无不令人一目了然。可以说,小说中的虱子始终和人们生活发生着直接的对应关系。《施公案续》云:"人之一身常有虫物,如虱子、蚤虫等类,无不由皮肉内生来。"①《豆棚闲话》借人生虮虱为喻,讲解化生原理。"未有天地以前,太空无穷之中浑然一气,乃为无极;无极之虚气,即为太极之理气;太极之理气,即为天地之根祟。天地根祟化生人物,始初皆属化生;一生之后,化生老少,形生者多。譬如草中生虫,人身上生虱,皆是化生。若无身上的汗气、木中朽气,那里得这根祟?可见太极的理气就是天地的根祟。"②

小说语言中,生动形象是最显著的特点。《女仙外史》中,有一个百发百中的射箭高手龚毁,"人

197

比之沈休贯虱"而形容他为"小贯虱"。③可见小说
这种艺术形式和文学语言，在表现某种事物时有
其独特魅力。《凤凰池》写有一件趣事。女扮男装
被发现，起因竟是因为脱衣捉虱使然。文总兵遭
奸臣陷害，文小姐改称云湘夫，侍女红萼也改名
松风。两个女儿身皆以男子身份进入章巡按幕
府。结果云公子和章小姐结为夫妻，章小姐的丫
环白苹也暗恋上了松风。白苹深夜到松风房间，
趁其酣睡，欲行苟且，意外发现松风"竟是我有亦
有，我无亦无的了"。恼笑不已，却又不好说破。只
得对章小姐谎称，"前日小婢从他房门首经过，见
他在那灯下捉虱，两乳高高，是一个女松风。后来
再三存心看他，上毛坑小解，蹲倒身子。一些不
差，是个女松风"④。好玩的是，白苹顺口编造的理
由竟是捉虱。可见捉虱对丫环们太平常不过。

　　无论写人还是描物，小说呈现出来的始终是
人性，甚至是人性中丑陋最不堪的一面。所谓人
虱关系其实也是人际关系。《金瓶梅》写西门庆死
后，应伯爵等人凑银子，请水秀才做了篇祭文。水
秀才"暗含讥刺，作就一篇祭文"。这帮"小人之
朋"粗俗不堪，"那里晓的其中滋味"。文中暗讽西

门庆纵欲而亡,应伯爵这帮狐朋狗友再也不能趴在其胯下给他捉虱子了。

　　逢药而举,遇阴伏降。锦裆队中居住,齐腰库里收藏。有八角而不用挠挝,逢虱虮而搔痒难当。受恩小子,常在胯下随帮。也曾在章台而宿柳,也曾在谢馆而猖狂。正宜撑头活脑,久战熬场,胡为惧一疾不起之殃?见今你便长伸着脚子去了,丢下小子辈,如斑鸠跌脚,倚靠何方?难上他烟花之寨,难靠他八字红墙。再不得同席而偎软玉,再不得并马而傍温香。撇的人垂头落脚,闪的人牢温郎当**(明·兰陵笑笑生《金瓶梅》八十回)**。

　　《续金瓶梅》虽不及如此生动,却也可读,颇为莞尔。大觉寺有一个尼姑,"原是外河小巷里科子,因生得脚大唇粗,额凹口大,留不住客,老鸨打得狠了,他就取过切菜刀,剁下二指,把头发剪了"。旧日情人给她填了一首《锁南枝》。"俺也曾替你拉人,俺也曾替你扒皴,俺也曾替你拿虱子,使的浑身困。"⑤

199

人身有蟲

债冚冚了不稳
蚕子冚冚了不吹

人身有蟲

作为明清时期的主要文学形式，小说对人虱关系的描写有其独特性。《初刻拍案惊奇》云："不论银钱多少，只是那断路抢衣帽的小小强人，也必了了性命，然后动手的。风俗如此，心性如此。看着一个人性命，只当掐个虱子，不在心上。"⑥人和虱子的关系表现在人对虱子的极度鄙视。这种鄙视本身却折射出人对人的轻蔑和践踏，即人的自轻自贱。

在作家的话语和想象中，扪虱和摇扇似乎都是圣贤豪杰展示自己绝世风采的必要姿态和道具。看到王猛的扪虱而谈，就会联想到诸葛亮的羽扇纶巾。洛阳布衣吕律，"有经天纬地之才，内圣外王之学。家无恒产，短褐不完，蔬食不充，而意气扬扬自得，常曰：'王景略、刘道冲，几填沟壑，而逢时遭会，身为霸者师。当今之世，舍我其谁与？'因赋《扪虱吟》以见志，有'平生百炼胸中气，扪虱军前盖世无'之句"⑦。这种描写和前人描写诸葛亮"乘素舆，葛巾毛扇，指挥三军"⑧，何其相似。

从史料到小说，作家遵循的是另一种文本规则。比如，就史实而言，苏轼和王安石之间并未如此不堪，更非因王安石不洗澡而作《辩奸论》。但小说这么写，也在情理。《醒世恒言》云："一日，宰

相王荆公着堂候官请老泉到府与之叙话。原来王荆公讳安石，字介甫，初得第时，大有贤名。平时常不洗面，不脱衣，身上虱子无数。老泉恶其不近人情，异日必为奸臣，曾作《辩奸论》以讥之，荆公怀恨在心。"⑨

　　平心而论，小说在描写生活、揭示人性方面，具有独特优势。其在塑造人物、刻画心理上表现出来的非凡魅力更是毋需多言。《警世通言》描写李克用老奸巨猾老谋深算时，用了一句和虱子有关的俗语，令人印象深刻。许宣姐夫李募事有一个结拜叔叔，叫李克用，开生药店。许宣就来李克用家做主管。一日，许宣和白娘子商量，去李克用家。李克用年纪一大把，好色之心不减，一见白娘子就动了歪心，便借寿诞之日，企图使白娘子着他道儿。"原来李克用吃虱子留后腿的人，因见白娘子容貌，设此一计，大排筵席。"⑩《喻世明言》描写一个吝啬的有钱人，张富是一个祖上开质库的阔佬，"要去那虱子背上抽筋，鹭鸶腿上割股，古佛脸上剥金，黑豆皮上刮漆，痰唾留着点灯，将松将来炒菜……是个一文不使的真苦人"⑪。在这里，虱子作为一个具体符号，它和人物的关系，本质

上呈现出人性的某种阴暗。

其实，人的表情有时也和虱子有关。比如，人们形容一个人焦急或高兴时，常用抓耳挠腮一词。而抓耳挠腮正是猴子捉虱的动作。可见，人的一些情绪或表情和虱子也有着相当关系。《醒世恒言》载，金国海陵王做右丞相时，在汴京街上，偶于帘子下瞧见崇义节度使乌带之妻定哥美貌，不觉魄散魂飞，就找到一个经常到定哥家去的女待诏，给他拉皮条。女待诏拿着定哥一枝凤头金簪，一径跑到海陵府中。"向袖中取出那同心结的凤头簪儿，递与海陵道：'这便是皇王令旨，大将兵符，一到即行，不许迟滞。'欢喜得那海陵满身如虫钻虱咬，皮燥骨轻，坐立不牢。"⑫

小说中的虱子话语亦可透见语言的某些演化痕迹。比如，"秃子头上的虱子——明摆着"这句歇后语中的秃子，原来应指和尚。因为和尚多虱，和尚头上常见虱子爬，亦属情理之事。《西游记》描写孙悟空的心理活动，恰好反证了这点。"好行者，嘤的一声，飞在唐僧头上，只见有豆粒大小一个臭虫叮他师父，慌忙用手捻下，替师父挠挠摸摸。那长老不疼不痒，端坐上面。行者暗想道：

'和尚头光,虱子也安不得一个,如何有此臭虫? 想是那道士弄的玄虚,害我师父。'"⑬

大体说来,明清小说涉及虮虱的文字可以归 为四类。

一、直接描述

这些属于非常生活化的写实性描写。比如, 各色人等的各种捉虱场面和动作。在这种场合, 虱子是一种具体的对象,也是人们厌恶之物,以 至于人们往往需要利用一切场合和空隙来对付 和清除之。

《儒林外史》在描写乡间祭祀时,一个乡绅在 祠堂前的尊经阁上和一个大脚的卖花牙婆交谈。 "权卖婆一手扶着栏杆,一手拉开裤腰捉虱子,捉 着,一个一个往嘴里送。"⑭

《醒世姻缘传》中有杨四姑和王三姐妯娌二人, 侍奉公婆,甚为孝顺。"公公亡故,婆婆剩下孤身, 这两房媳妇轮流在婆婆房中作伴,每人十日,周而 复始。冬里与婆婆烘被窝、烤衣服、篦头修脚、拿 虱子、捉臭虫,走动搀扶,坐卧看视;夏里抹席扫

床,驱蚊打扇,曲尽其诚。"⑮

《醒世姻缘传》还写了学生之妻给师母捉虱的情景。武城县有个陈秀才,夫妻二人待生徒如亲子。晁夫人对陈秀才夫妇甚是敬重,请他教习其子晁梁。陈秀才死后,晁夫人接陈师娘到家久住。晁夫人去世后,晁梁夫妇对陈师娘依然恭敬孝顺。陈师娘生日这天,晁梁之妻姜氏同二奶奶春莺进城拜寿,发现伺候她的人"欠了体贴"。

进入陈师娘住房门内,地下的灰尘满寸,粪土不除,两人的白鞋即时染的扭黑。看那陈师娘几根白发,蓬得满头,脸上汗出如泥,泥上又汗,弄成黑猫乌嘴;穿着汗塌透的衫裤,青夏布上雪白的铺着一层虮虱;床上齷离齷龊,差不多些象了狗窝。姜氏着恼,把那伺候的人着实骂了一顿,从新督了人扫地铺床;又与陈师娘梳头净面,上下彻底换了衣裳;叫人倒了马桶,房中点了几枝安息香,明间里又熏了些芸香苍术。**(清·西周生辑著《醒世姻缘传》九十二回)**

《官场现形记》中有个老候补申守尧，二十四岁出来，熬到六十八岁，还在眼巴巴地等位置。家里穷得叮当响。他家还有一个穿得又破又烂的老妈子。申守尧嫌她在衙门丢了他面子，嚷嚷说要赶她走。老妈子说不给工钱不走："赖了人家的工钱，还要吃人家的脚钱，这样下作，还充什么老爷！"作家写道："申守尧不听则已，听了他这番议论，立刻奔上前来，一手把老妈的领口拉住，要同他拼命。老妈索性发起泼来，跳骂不止，口口声声'老爷赖工钱！吃脚钱'！他主仆拌嘴的时候，太太正在楼上捉虱子，所以没有下来，后来听得不象样子，只得蓬着头下来解劝。"⑯

《醒世恒言》中有个监生赫应祥，专好声色，浑家陆氏苦口谏劝也没用。那年秋间久雨，赫家房子倒坏，陆氏唤匠人修造。一眼觑着个名叫蒯三的匠人腰间系一条鸳鸯绦儿，认得是丈夫束腰之物。蒯三说是在一个名叫非空庵的尼姑庵里拾的。陆氏给蒯三一两银子，要他到庵里再做打探。"到了次日，蒯三捱到饭后，慢慢的走到非空庵门口。只见西院的香公坐在门槛上，向着日色脱开衣服捉虱子。"⑰

《二十年目睹之怪现状》中有个道士符最灵，孙子对他不孝不顺，他整天穿着"一件七破八补的棉袍，形状十分瑟缩"，饿急了就到邻居家讨点吃的。书商王伯述看不下去，自告奋勇找人收拾他孙子。符最灵却害怕把他孙子的功名干掉，王伯述道，你以后就不要出来诉苦了。"符最灵被伯述几句话一抢白，也觉得没意思，便搭讪着走了。"他这一走，

　　（书商）应畅怀连忙叫用人来，把符最灵坐过的椅垫子拿出去收拾过，细看有虱子没有。他坐过的椅子，也叫拿出去洗。又叫把他吃过茶的茶碗也拿去了，不要了，最好摔了他。你们舍不得，便把他拿到旁处去，不要放在家里。伯述见他那种举动，不觉愣住了，问是何故。畅怀道："你们两位都是近视眼，看他不见。可知他身上的虱子，一齐都爬到衣服外头来了，身上的还不算，他那一把白胡子上，就爬了七八个，你说腻人不腻人！"伯述哈哈一笑，对我道："我是大近视，看不见，你怎么也看不见起来？"我道："我的近视也

不浅了。这东西,倒是眼不见算干净的好。"正说话时,外面用人嚷起来,说是在椅垫子上找出了两个虱子。畅怀道:"是不是。倘使我也近视了,这两个虱子不定往谁身上跑呢。"**(清·吴趼人《二十年目睹之怪现状》七十四回)**

《糊涂世界》中有个岑秀才,嫂子姓牛,"是个有名的泼妇,动不动就出去骂街"。岑秀才有个妹妹,嫁给一个土财主,是个势利女人,"却同牛氏最好"。这年八月,岑秀才之妻万氏因热毒寒渴,说死就死了。牛氏叫人去接姑奶奶。姑嫂两个翻箱倒柜找钱。打第二天起,"姑嫂两个躲在房里,还有牛氏的儿子三个人,一桌吃了。吃不了的残羹冷炙,就分点给万氏的两个孩子吃。有一顿没一顿,身上的衣服已是出了虱子,头发已是打成疙瘩,也没人来问信。"⑱

《三刻拍案惊奇》描写衙役:"门子须如戟,皂隶背似弓。管门的向斜阳捉虱,买办的沿路寻葱。衣穿帽破步龙钟,一似卑田院中都统。"⑲

《凤凰池》写道,才子水伊人到河南寻找一位梅才子。到了洛阳,"在云生门首走过,见一个老

儿在日中捉虱"[20]。

《金瓶梅》写道："三月中旬天气,(陈)敬济正与众人抬出土来,在山门墙下,倚着墙根,向日阳蹲踞着捉身上虱虮。"[21]

《梼杌闲评》写道,山东有一刘家庄,庄主刘鸿儒常常出资在寺院做法会。一日,因钱粮渐少,"郁闷无计"。在僧院廊下走来走去,忽见厨房一头陀"坐在大殿台基上捉虱子"[22]。

《续金瓶梅》写道,和尚了空为了找寻母亲,四处游荡。

那日走到一坐山崖边,只见一个白衣贫婆在山涧边拆洗破衣。见了空来,坐在一株松树根下打坐,便问了空道:"小禅师,你有甚么衣服,脱下来我替你浆洗浆洗……"了空大喜,即忙脱下这件破衲裰来,看了看一片片补得破布铺衬:"一年多不曾离得身子,这些虱虮灰垢都生满了,那得这个女菩萨一片好心,休说替我浆洗,就拆开缝补的几针也就是布施了。脱下来,天又寒冷,没得替换,只得问女菩萨借个针来缝缝也罢。"(清·

209

丁耀亢《续金瓶梅》六十回）

济公身上的虱子是出了名的多。只要不出山门，就在"大雄宝殿拿虱子"[23]。有时干脆"跳下河去洗虱子"[24]。《济公全传》写道，济公带着柴、杜二位县衙班头办案的路上，吵吵着身上虱子咬得慌。

和尚说："了不得了，我这身上的虱子太多了，咬的我实在难受。"说着话，和尚用手一掏，掏出一把虱子来。由前头掏了一把来，放在后身。由后掏出一把来，搁在前面。柴头说："师父，还不把虱子捺了！还往身上放著，这有多脏！"和尚说："你不知道，我给虱子搬搬家，它一不服水土就死了。"柴头说："师父，别胡闹了，一个人身上的虱子，还不服水土？依我说，快捺了罢。"和尚说："这虱子还得拿水饮饮它。"说着话，眼前有一道河，和尚噗嗵跳下河去。**（清·郭小亭《济公全传》九十三回）**

《续英烈传》写姚道衍拜访席道士，"到了门边，

第七章 无虱不言

210

只见门儿掩着。就在门缝里往内一张，只见一个老道士，须鬓浩然，坐在一张破交椅上，向着日色，在那里摊开怀，低着头捉虱子。道衍看明白，认得正是席应真"㉕。

《红楼梦》写道，尤三姐自刎，柳湘莲看破红尘。"湘莲警觉，似梦非梦，睁眼看时，那里有薛家小童，也非新室，竟是一座破庙，旁边坐着一个跏腿道士捕虱。"㉖

二、纯属虚构

这是一种典型的文学想象。经典的就是《西游记》。四大名著中，《西游记》涉及虱子最多，这与其题材以及人物特点有关。

《西游记》在描写猴群的活动时写道："跳树攀枝，采花觅果；抛弹子，邷么儿，跑沙窝，砌宝塔；赶蜻蜓，扑八蜡；参老天，拜菩萨；扯葛藤，编草帓；捉虱子，咬又掐；理毛衣，剔指甲；挨的挨，擦的擦；推的推，压的压；扯的扯，拉的拉，青松林下任他顽，绿水涧边随洗濯。"㉗唐僧师徒经过通天河，妖怪设计将唐僧弄到水里。三个徒弟商量

下水救师父。孙悟空说自己水性不行，八戒就背着他下水。"那呆子要捉弄行者，行者随即拔下一根毫毛，变做假身，伏在八戒背上，真身变作一个猪虱子，紧紧地贴在他耳朵里。"⑳最好玩的是，唐僧师徒路过朱紫国，得知此处有一个麒麟山獬豸洞赛太岁，三年前抢走了金圣皇后。赛太岁有三个金铃，甚是了得。孙悟空想先盗取金铃，再救皇后。只是这宝贝昼夜都被赛太岁拴在腰间。孙悟空先变个苍蝇入洞，再变成赛太岁贴身侍婢春娇，他让金圣娘娘哄赛太岁安寝，好见机行事。

娘娘问道："大王，宝贝不曾伤损么？"妖王道："这宝贝乃先天抟铸之物，如何得损！只是被那贼扯开塞口之绵，烧了豹皮包袱也。"娘娘说："怎生收拾？"妖王道："不用收拾，我带在腰间哩。"假春娇闻得此言，即拔下毫毛一把，嚼得粉碎，轻轻挨近妖王，将那毫毛放在他身上，吹了三口仙气，暗暗的叫"变！"那些毫毛即变做三样恶物，乃虱子、虼蚤、臭虫，攻入妖王身内，挨着皮肤乱咬。那妖王燥痒难禁，伸手入怀揣摸揉痒，用指头

捏出几个虱子来，拿近灯前观看。娘娘见了，含忖道："大王，想是衬衣襭了，久不曾浆洗，故生此物耳。"妖王惭愧道："我从来不生此物，可可的今宵出丑。"娘娘笑道："大王何为出丑？常言道，皇帝身上也有三个御虱哩。且脱下衣服来，等我替你捉捉。"妖王真个解带脱衣。假春娇在旁，着意看着那妖王身上，衣服层层皆有虼蚤跳，件件皆排大臭虫；子母虱，密密浓浓，就如蝼蚁出窝中。不觉的揭到第三层见肉之处，那金铃上纷纷块块的，也不胜其数。假春娇道："大王，拿铃子来，等我也与你捉捉虱子。"那妖王一则羞，二则慌，却也不认得真假，将三个铃儿递与假春娇。假春娇接在手中，卖弄多时，见那妖王低着头抖这衣服，他即将金铃藏了，拔下一根毫毛，变作三个铃儿，一般无二，拿向灯前翻检；却又把身子扭扭捏捏的，抖了一抖，将那虱子、臭虫、虼蚤，收了归在身上，把假金铃儿递与那怪。(明·吴承恩《西游记》七十一回)

大体说来，《何典》亦属此类。作者虚构了一

个和人间一般无二的鬼国。阴山背后的阴间世界有一座阎罗王统治的丰都城。其中有一个鬼谷，野鬼无数，各行各业，三教九流，应有尽有。谷中有一个三家村。村中有一财主，名唤活鬼，老婆雌鬼，隔壁住着六事鬼。和人一样，鬼身上也会生虱子。自然，鬼也会因生虱而烦恼。何况，捉虱对鬼来说也并非易事。一天，

六事鬼走来，看见雌鬼□□□□□□，只管低着头看，心中疑惑，轻轻走到跟前一看，不觉失惊道："怎的活大嫂也生起这件东西来？"雌鬼吃了一惊，急忙□□□□，说道"你几时到来？偷看我是何道理？"六事鬼道："这个虫是□□□疥虫考的，其恶无比，身上有了他，将来还要生虱簇疮，直等烂见骨还不肯好。当时我们的鬼外婆，也为生了此物，烂断了皮包骨，几乎死了。直等弄着□□□跳虱放上，把虫咬乾净了，方能渐渐好起来的。"雌鬼忙问道："你身上可有这跳虱么？"六事鬼道："在家人那里来？这须是和尚□□□才有两个。"正话得头来，只听得隔壁喊应六事

鬼，说有个野鬼寻他。六事鬼慌忙跑归。

……

那和尚是色中饿鬼，早已心里明白，便笑嬉嬉挨近身来道："到底要什么？却这般又吞又吐的。"雌鬼只得老着面皮说道："你身上可有虱的么？"和尚道："小僧身上饿皮虱，角虱，□□□跳虱，一应俱全；不知要那一种？"雌鬼道："有了这许多，难道虱多弗痒的么？"和尚道："小和尚硬如铁，是虱叮弗动的，那里会痒？"雌鬼道："实不相瞒，因为生了叮□虫，闻得要□□□跳虱医的，所以来与你相商。"和尚道："这个其容且易。施主且□□□，待小僧放上便了。"雌鬼只得□□□□，露出□□□□两个笑靥来。那和尚平素日间，还要□□□□□，何况亲眼看见，便也□□□□，说道："省得搜须捉虱，等他自己爬上去罢。"一头说，一头□□□□□。那跳虱闻着腥气，都跳上□□来。真是一物治一物，那叮□虫见了，便吓得走头无路，尽望□□钻了进去。钻不及的，都被咬杀。雌鬼道："这被他逃去的，畔在里头钻筋透骨的作起

怪来,便怎么处?"和尚道:"不妨,待我□□□□□□,连未考的疥虫替你一齐□杀便了。"雌鬼没奈何,只得由他□□□□□的□了一阵,方才歇手。**(清·过路人编定、清·缠夹二先生评《何典》四回)**[29]

三、阐明问题

在这里,虱子成为一种符号化的隐喻。比如,包含虱子的各种歇后语除了字面意思外,或许还可以引发相关联想,产生暗示效应。小说特别是对话中涉及虱子的俗语和口语,表明虱子已成为语言的一部分,它可以用来描述和指称某些具体事物或抽象概念。某种意义上,虱子已经丰富了古代汉语。

在人们的俗语中,虱子和老虎这两种本来不搭界的物种被直接联系在一起,构成了一种奇妙的对比。于是,一种根本不可能发生的事情成为一种象征胆量的形象说法。薛蟠之妻金桂对宝蟾发牢骚道:"别人是惹不得的,有人护庇着,我也

不敢去虎头上捉虱子。你还是我的丫头,问你一句话,你就和我摔脸子,说塞话。"㉚赵姨娘一听儿子贾环出事,气得大骂,"你这个下作种子!你为什么弄洒了人家的药,招的人家咒骂。我原叫你去问一声,不用进去,你偏进去,又不就走,还要虎头上捉虱子。"㉛庞洪诬陷焦廷贵"殴辱钦差",被皇帝下令处斩。经佘太君一番劝谏,皇帝收回成命。穆桂英大骂监斩的孙秀道:"奸臣佞贼,你敢向老虎头上捉虱么?"㉜

　　从文本角度看,小说和其他文献的最大区别就是雅俗之别。市井味是其最大特色,尤以对话最为鲜明。《三刻拍案惊奇》写了一个爱情故事。商人蒋日休到汉阳贩米。汉阳有一米商熊汉江,与蒋家素有往来。熊汉江有一女儿,叫做文姬。蒋日休对熊文姬眼有情,口难开。这时,一只千年狐狸趁虚而入,化身美女,勾引蒋日休,并给他三束草,教他使用,保他把文姬弄到手。蒋日休依法行事,文姬果得奇病,"流脓作臭,人不可近"。蒋日休托商人韦梅轩说媒,医好了文姬就要嫁给他。韦梅轩却劝他三思。"日休,老婆不曾得,惹得个白虱子头上挠?"㉝头虱为黑,头上挠白虱,颇有南

217

辕北辙之意，同时意指多此一举，徒劳无益。

《金瓶梅》亦有两处说到"惹虱子头上搔"，意思似略有差异。吴月娘劝西门庆不要娶李瓶儿。"我闻得人说，他家房族中花大，是个刁徒泼皮，倘一时有些声口，倒没的惹虱子头上搔。"㉞西门庆两个伙计韩道国和汤来保，从扬州进货回来，听说西门庆死了，韩道国就带着钱跑了，这汤来保先是私吞货物，然后把事情都推在韩道国身上，"说他先卖了二千两银子来家。那月娘再三使他上东京，问韩道国银子下落。被他一顿话说：'咱早休去！一个太师老爷府中，谁人敢到？没的招事惹非。得他不来寻你，咱家念佛。到没的招惹虱子头上挠！'"㉟这说明，说虱子头上搔而不说虱子身上搔，可见头虱更惹人烦恼。除此，头虱不同于身虱，似乎是人主动招来的，而非身上生出来的，头虱更像是一个没事惹事的角色。这种说法用于警告或提醒不要引火上身，招祸到头。

至于其他类似对话，亦另有情境。《续孽海花》写道，渡船的船工看到身怀武功的贵公子戴胜佛打跑了强盗，便相互调侃。一个艄船老板说，"早晓得强盗如此容易捉的，我们也愿意去献献

能耐,捉他几个呢!"旁边一个摇船的笑道,"你的本领大得很,你要捉强盗,你还是去嫂子身上捉几个白虱,是你的大能耐呢!"⑨体虱为白,一般而言,女人皮肤又较男人为白。在女人身上"捉几个白虱",颇有一语双关之妙。一方面以白虱衬托女人白肤,另一方面则暗示男女私情。男女捉虱,关系绝不一般。这里所谓叔嫂捉虱,更是对古代男女关系的一种充满挑逗性的暧昧说法。它在古代的家族社会中尤为源远流长。⑩

《七侠五义》写道,北宋内苑总管郭安,乃郭槐之侄。自从郭槐犯事被诛,他便每每暗想报仇。一日晚间,正想心事,只见小太监何常喜端茶过来,顿时心生一计。"这何太监年纪不过十五六岁,极其伶俐,郭安素来最喜欢他。"两人便有一番对话。郭安道:"我且问你,我待你如何?"常喜道:"你老人家是最疼爱我的,真是吃虱子落不下大腿,不亚如父子一般,谁不知道呢?"⑪虱子乃至微至贱之物,即便如此,吃虱子也记着你,可谓贴心贴肺,无微不至。反之,涉及利害,即便微如蚁虱,照样毫不相让。《喻世明言》写道:"平时酒杯往来,如兄若弟;一遇虱大的事,才有些利害相

关，便尔我不相顾了。真个是：酒肉弟兄千个有，落难之中无一人。还有朝兄弟，暮仇敌，才放下酒杯，出门便弯弓相向的。"㊴

四、别致话题

《花月痕》中，主人公韦痴珠是一个落魄书生。他的朋友韩荷生问他："我听说你著部《扪虱录》，又著部《谈虎录》，到底真是说虱道虎不成？"韦痴珠笑道："前月闷得很，借此消遣，这会又丢了。"接下来，"荷生从北窗玻璃里望着窗外梅花笑道：'这却好，虱也不扪了，虎也不谈了，就伴这一树梅花，过了一冬罢。我偷了这半天空，你带着秋痕，到愉园吃碗腊八粥，也是消寒小集，好不好呢？'痴珠道：'我和你先走，让秋痕坐车随后来罢。'于是四人在春镜楼围炉喝起酒来。"㊵从虮虱说到梅花，也算是别有情趣。

《品花宝鉴》详细描写了一次名士们围绕虱子展开的趣谈。徐子云名宦之后，经常请名士名旦饮酒品鉴。一次，他请屈道生喝酒。屈道生曾任南昌府通判，既是高士，又是能吏。作陪者有解元史南

湘，还有名公子梅子玉，貌美如玉，胸罗万卷。"道生看他言词清蔼，气象虚冲，自然已是个饱学，心里想要试试他，且到饮酒时慢慢的考他。"碰巧吃饭时，看见一只虱子。于是，考题便围绕虱子展开。

子云见上菜的家人一件新衣上爬着个虱子，候他上好了菜，叫他拈掉了。道生即问关子玉道："世兄博览经史，不知方才这个虱子见于何书为古？诗词杂说是不用讲的。"子玉劈头被他一问，呆了一呆，想道："这个字却也稀少，他说见于何书为古，这些'扪虱'、'贯虱'就不必讲了。"婉言答道："小侄寡闻浅见，读书未多。见于书史者也只有数条，大约要以阮籍《大人先生论》'君子之处域内，何异虱之处裈中'为先了。"南湘道："还有《史记》'搏牛之虻，不可以破虮虱。'"道生道："此二条尚在《商子》之后，古有虱官，见于《商子》。后来亡其三篇，只传二十六篇。内有仁义礼乐之官为虱官。杜牧之书其语于处州孔子庙碑阴曰：'彼商鞅者，能耕能战，能行其法，基秦之强，曰：彼仁义虱官也。'盖仁

义自人心生,犹虱由人垢生。译'虱'字之义似易生且密之意,不知是否?"南湘、子玉拜服。

注释

① 《施公案续》四百七十七回。

② (清)艾衲居士编《豆棚闲话》十二则。

③ (清)吕熊《女仙外史》八十二回。

④ (清)烟霞散人编《凤凰池》七回。

⑤ (清)丁耀亢《续金瓶梅》四十一回。

⑥ (明)凌蒙初《初刻拍案惊奇》卷十四。

⑦ (清)吕熊《女仙外史》二十回。

⑧ 《太平御览》卷七百二。

⑨ 《醒世恒言》卷十一。

⑩ 《警世通言》卷二十八。

⑪ 《喻世明言》卷三十六。

⑫ 《醒世恒言》卷二十三。

⑬ (明)吴承恩《西游记》四十六回。

⑭ (清)吴敬梓《儒林外史》四十七回。

⑮ (清)西周生辑著《醒世姻缘传》五十二回。

⑯ (清)李宝嘉《官场现形记》四十四回。

⑰ 《醒世恒言》卷十五。

⑱(清)吴趼人《糊涂世界》十一回。

⑲《三刻拍案惊奇》十二回。

⑳(清)烟霞散人编《凤凰池》六回。

㉑(明)兰陵笑笑生《金瓶梅》九十六回。

㉒《梼杌闲评》二十五回。

㉓(清)郭小亭纂辑《济公全传》一百七十二回。

㉔(清)郭小亭纂辑《济公全传》九十六回。

㉕(明)空谷老人编《续英烈传》三回。

㉖(清)曹雪芹《红楼梦》六十六回。

㉗(明)吴承恩《西游记》一回。

㉘(明)吴承恩《西游记》四十九回。

㉙按:此部分引文方框处因原文缺字较多,故用方框表示。

㉚(清)曹雪芹《红楼梦》八十三回。

㉛(清)曹雪芹《红楼梦》八十四回。

㉜(清)西湖居士《万花楼演义》四十五回。

㉝《三刻拍案惊奇》二十回。

㉞(明)兰陵笑笑生《金瓶梅》十六回。

㉟(明)兰陵笑笑生《金瓶梅》八十一回。

㊱(民国)张鸿《续孽海花》四十四回。

㊲按:早在秦汉,"盗嫂"就已成了一个专有

2 2 3

名词。比如，陈平"美丈夫，如冠玉"，便有传闻"平居家时盗其嫂"（《汉书·陈平传》）。中大夫直不疑也是个美男子，以至于上朝时，竟有人议论说，"不疑状貌甚美，然特毋柰其善盗嫂何也！"（《汉书·直不疑传》）古代那些出众的男子之所以常有"盗嫂"之嫌，除了心理和观念原因，很大程度上和古代那种生活环境及经济条件有关。

　　古代绝大部分地区，男女接触非常有限，甚至许多仅限于家族之内，或更小的一家之内。而一家之内的男女，无血缘关系者，也就是叔嫂或翁媳、弟媳，当然还有岳母和女婿、姐姐和妹夫、妹妹和姐夫等关系。不过，从常理看，一家之内非血缘之间发生私情，显然以叔嫂居多。其实这也是因为更古老的婚俗遗传。比如，一些穷困至极的家庭便有兄弟合娶一女的现象，或哥哥死后，弟弟娶嫂为妻。但这毕竟不甚光彩，时间久了，社会上便出现了"盗嫂"一说。某种意义上，武松和潘金莲的传说就是从盗嫂习俗中演绎而来的经典故事。

　　㊳（清）石玉昆《七侠五义》四十一回。

　　㊴《喻世明言》卷八。

　　㊵（清）魏秀仁《花月痕》二十九回。

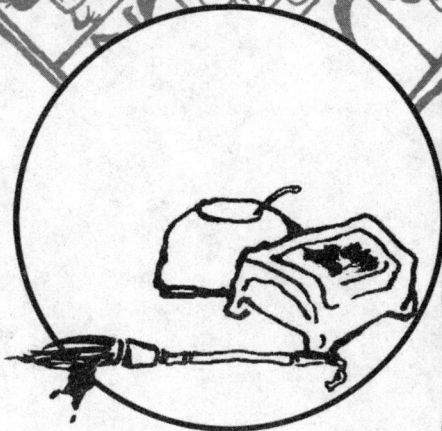

余论

后记

人身有虱

余 论

在人周围,生活着众多生物。最为人熟悉并天天打交道的就是百姓口中的马、牛、羊、猪、狗、鸡这"六畜"(或称"六扰""六牲")。人畜的关系史至少有数千年,甚至上万年。六畜不仅广泛介入人类生活,丰富着人类的饮食,滋补着人类的身体,而且还深度参与了人类生产,提高了人类生产力,减轻了人类的劳动负担。同时,马、狗还充当了人类的交通工具及休闲娱乐的精神伙伴。总之,六畜在人类心灵和文化中占有一席之地。

不过,从历史上看,严格说来,和人关系最为密切的生物并非六畜,而是微不足道的虱子。当然,六畜有功于人,虱子有害于人;六畜是功臣,虱子是害虫。但毕竟虱子和人体的接触最为直接和持久。人不可能天天骑在马上,更不可能夜夜伴狗相眠,而人和虱子几乎须臾不离。

俗话说:"债多了不愁,虱子多了不咬。"这暗示出,虱子似乎是人身上的债。想象一下,当虱子在你的内衣上爬行,当虱子在你的头发里出没,这是一种何等恼人的感觉。这种感觉至少有数千年的历史。但迄今尚未有人写出这种令人烦恼的感觉史。感觉史是对身体反应的历史观察和描述。

本质上,虱子不是身体的一部分,而是身体感觉的一部分。它触发、影响、改变着人身体的日常感觉。一般说来,中国古代文献对虱子的描写更多是一种充满诗意的叙述和抒情,散发出浓浓的文人雅趣。但几乎无人对虱子和人的亲密关系作过一番真切细致的观察。倒是西方文献对人和虱子的密切接触做过纪录片式的客观描述。蒙塔尤是法国中世纪的一个不甚起眼的小村庄。这里的人们虽不讲卫生,"却经常抓虱子","抓虱子构成了友好关系的一部分,无论这种友好关系是异端性的、纯粹愉悦性的还是上流社交性的"①。一般说来:

抓虱子的活动可以在床上、炉火边、窗前或修鞋匠的工作台上进行。本堂神甫往往利

用这一机会向其美貌女友兜售纯洁派理论和风流浪荡行为的看法。为克莱格抓虱子的老手雷蒙德·吉乌把她的才干用在母子两代人身上。在家门口，她当着众人的面，不仅为本堂神甫克莱格抓，而且也为老蓬斯·克莱格抓。她一边认真地对付着那些寄生虫，一边向老蓬斯·克莱格的妻子讲述社区内的最新传闻……贝尔纳·克莱格还善意地请求年迈的纪耶迈特·贝洛特帮忙。顶着太阳光，在门口的台阶上，技艺高超的纪耶迈特一面在贝尔纳头上找虱子，一面嘱咐他把麦子送给异端派教长……蒙塔尤人抓虱子的活动甚至还在末等"客厅"进行：在灿烂的阳光下，在相邻或相对的矮屋平顶上，人们边抓虱子边聊天。②

毫无疑问，"抓虱子加强或显示了家人的亲近和爱抚的联系，它似乎表现出某种亲戚或联姻关系，即便这种关系不是正规的。情妇为自己的男伴抓，也为他的母亲抓；未来的岳母给将来的女婿抓；女儿为自己的母亲抓"。是可知，"抓虱子

总是由妇女承担的，这些妇女不一定是身份低下的女佣"。总之，"抓虱子是一项频繁、女性化和由多种条件决定的活动"③。

在西方，捉虱既是一种社交活动，也是一种情感交流，其主体是女性，而且呈现公开化和聚众化的特点。"人们总在自己门前捉虱子，邻居之间和各个阶级间互相捉。"④中国的捉虱则大相异趣。大部分情况下是一种男人的个体行为。⑤虽偶有话语交流，其场景和心态也较为私密。这与其说中西方对捉虱的态度和方式不同，不如说中西方看待人身体的眼光和观念不同。相对而言，中国人将身体视为自己最本己的一部分。所谓"身之发肤，受之父母"，一毫一毛不可损害，否则就是不孝。可见，中国人对自己身体的珍视和掩饰本质上是一种孝道的体现，即身体乃父母所赠，不能轻易视之外人。正因如此，中国人喜欢自己捉虱，不习惯给别人捉虱。像西方人那样借助捉虱而进行亲昵的身体接触，在国人眼中只是一种地道的"西洋景"。

即便已进入近现代，捉虱基本上还是一种男人间的消遣和乐趣。鲁迅在《阿Q正传》中曾描写过阿Q和王胡在暖洋洋的阳光下，一块靠在墙角捉虱子的场景。阿Q"脱下破夹袄来，翻检了一回，不知道因为新洗呢还是因为粗心，许多工夫，只捉到三四个。他看那王胡，却是一个又一个，两个又三个，只放在嘴里毕毕剥剥的响"。阿Q"很想寻一两个大的，然而竟没有，好容易才捉到一个中的，恨恨的塞在厚嘴唇里，狠命一咬，劈的一声，又不及王胡响"。这让阿Q又气又急，恼羞成怒，跳起来破口大骂，结果被痛揍一顿。张爱玲好像是女作家中对虱子情有独钟的人。她那句"生活是一袭华美的袍，爬满了虱子"。让人不禁联想这不尽是神来之笔，其中恐有切实观察和切身体会。⑥她和虱子的游戏也是她闹心人生的一道风景。不难想象，当她身着爬满虱子的华美锦袍，牵挂着远方逃亡的爱人时，是何等闹心。

就中国人而言，历史进入现代，但绝大部分人的生活条件并没有多大改观。就连学校这种相对洁净的场所，虱子依然是个令人恐慌的问题。萧红在一个短篇小说中曾描写，师生是如何的厌恶虱子。一个自称留学日本的女教师总是管虱子叫"虫类"。她严词拒绝一个据说身上有虱子的女

生住进她管理的宿舍。"身上生着虫类，什么人还不想躲开她呢？""虫类不会爬了满身吗？"女生们也纷纷拒绝这个女生的入住。"她有虱子，我不挨着她。""我也不挨着她。"⑦稍加深思，不难发现，这种逃避虱子的态度恰恰说明，虱子在当时的学校已是罕见之物。倘若普遍，师生们也不至于唯恐避之不及。

不过，和古代一样，兵营仍然是虱子的乐园。黄仁宇回忆，抗战期间他"感染了虱子"。云南南部夏秋昼夜温差大，"士兵穿着冬季的棉袄绻缩身体入睡，用蚊帐、毛毯或帆布当被子，抓到什么就盖什么，甚至几个人合盖一床被。地板上则铺着稻草，这样的环境造就了虱子的天堂。我们的除虱行动从来不曾大获全胜。有一天，我看到士兵把棉袄内部翻出来，在缝线中寻找虱子，找到后就用大拇指掐住虱子柔软的腹部，哔啪作响。不久后，我也拿出母亲给我的羊毛衫如法炮制"⑧。

20世纪的红色风暴中，虱子则被戏称为"革命虫"。延安人士宣称，革命程度就看身上虱子多少，身上没虱子就是不革命。

"大跃进"期间，官方曾开展一场"除四害"运

动。所谓"四害",即老鼠、蟑螂、苍蝇、蚊子。⑨如果说"四害"是环境史的一部分,那么虱子则是身体史的一部分。环境是外观之物,清洁环境是城市管理、规划乃至美化的一部分。对新政府来说,建设一个卫生、干净的城市对展现新社会风貌具有特殊意义。在这种宏大视野中,微乎其微的虱子在宿主身上依然故我地快乐繁殖着。除四害严重压缩了虱子的生存空间,这使得它们更多向人体寻找出路。因为相对于除四害,除虱需要更多物质资源的投入和卫生设施的配套。祛除虮虱关键是勤换衣服、勤洗澡。但恰是这个基本条件在那个短缺经济时代,最不可能具备。那时候,大多数人的衣服都是有数的,公共澡堂也是有限的。难以恭维的生活环境,使得虱子在人体继续生存。

概言之,灭四害着眼于改善环境,尚未触及身体。它受制于经济水平和生活质量,不可能有一个总体性的环境治理方案。它未曾顾及和考虑到人体对环境的反应和感受。某种意义上,权力尚未将身体纳入环境,作为环境中的一部分对待。其实,身体是环境的中心和主体。把身体置于环境之外,无疑给清理环境留下了无限大的空隙

和死角。毫无疑问,较之老鼠、蟑螂、苍蝇、蚊子,人的身体更敏感于虱子的骚扰。

饥荒之年,虱子也没闲着。饿得发慌的农村小女孩身上爬满了虱子。⑩随之而来的大动乱不光释放了身体的能量,也将身上的虱子带向未知的远方。人们只知"乱世出英雄",却不知乱世生虮虱。有北京中学生回忆:

一直到"文革",我从未见过虱子的模样。"文革"一大串联,可开了眼了。鄙宅院里住进许多串联小将,其中不少人是"虱子载体",街道上让各家捐被褥,虱子便从"载体"身上串联到各家的被褥里。这批虱子,来自五湖四海,坐过火车,乘过轮船,一齐汇聚辇下,比未庄的虱子可风光多啦。

小将们用过的被褥把虱子传给了我,那些日子便常常在灯下边捉虱子边侃谈。两个大拇指盖儿是刑具,一夹死一个,一夹一片血。虱子不搞计划生育,下的仔儿叫虮子,一堆堆白厉厉的排在衣褶里……

阿Q进过城,他很可能把虱子带到过城

里去。但数量绝不会比小将们带进北京城里的虱子多。我是个挺讲卫生的帝都子民，连我都能扪虱而谈了，可见当时虱子进京的规模。它们是趁着动乱进京的，可谓史无前例，前无古虱。⑪

下放草原的知青们百无聊赖之际，也拿虱子开心。一到夜里，他们就将抓到的虱子放在白纸上，然后用手电筒将白纸照射到蒙古包上。他们一边看着比人头还大的虱子在蒙古包的白毡子上爬来爬去，一边反复地数着虱子有几条腿。时间久了，知青们竟然能够分辨出虱子的公母。⑫

直到20世纪80年代，不少高校的莘莘学子还在懊恼于身上不时生出的虱子。⑬虽然90年代以后，随着城市改建和住房改善，城市居民已逐渐脱离了和虱子的直接接触，但远不能说今天的中国已无虱子。姑且不说农村，即便城镇，甚至一些城市，虱子的"身影"照样依晰可见。⑭

尽管如此，对绝大部分人而言，身生虮虱毕竟已非某种熟悉的人生经验，更非难忘的生活感受。所以史家才会由衷感慨："如今，我们的身上

已没有了虱子,所以很难想象这种寄生虫当时在人际关系中所起的感情作用。"⑮人体作为虱子的寓所已成历史,人体的感觉史由此成为可能。这样,除了想象,它或许还需要一些更多的东西。

很长一段历史时期,人人身上都有虱子,只不过有人身上虱子更多一些,比如,囚犯、妓女、士兵、农夫、乞丐等;处处都有虱子,只不过有些地方虱子更多一些,比如,牢房、妓院、兵营、农舍、草屋等。权力和财富不可能灭绝虱子,只能限制虱子的活动范围。倒是技术进步所带来的生活环境改变,才将虱子从人身上彻底清除出去,使虱子永远不能接近人体。

对人来说,虱子再也不能成为身体的麻烦制造者和感觉的破坏者。于是,在史学的显微镜下,虱子仅仅成为一种回忆、一种想象、一种话语。

注释

①②[法]埃马纽埃尔·勒华拉杜里:《蒙塔尤——1294—1324年奥克西坦尼的一个山村》,许明龙、马胜利译,商务印书馆,1997年,第199页。

③同上,第200页。

④[法]多米尼克·拉波特:《屎的历史》,周莽译,商务印书馆,2006年,第26页。

⑤按:从史料看,虽有母亲为子捉虱和女佣捉虱的情景,但并非捉虱主体。

⑥按:黄仁宇回忆自己捉虱子的情景时,曾顺便提及"一名中国作家曾发表一篇短篇故事,描写掐虱子时,看到拇指上沾着挤出来的血,不禁涌出复仇的快感"。黄仁宇随之强调:"他一定有亲身的体验。"(《黄河青山》,生活·读书·新知三联书店,2001年,第13页。)我对张爱玲的虱子名言亦作如此观。

⑦萧红:《手》,《呼兰河传》,华夏出版社,2009年。

⑧黄仁宇:《黄河青山》,生活·读书·新知三联书店,2001年,第13页。

⑨按:"四害"最初指老鼠、麻雀、苍蝇、蚊子。

⑩饶有趣味的是,小女孩自己浑然不觉,倒是城中的父亲对此印象深刻。参见金雁:《我的1960》,鄢烈山载主编:《白纸黑字No.1》,敦煌文艺出版社,2011年。

⑪李乔:《扪虱堂回想录》,《同舟共进》,2015年第12期。

⑫《凤凰大视野》节目,《离离原上草·激情篇》。

⑬按:一般说来,男生生虱的情况比女生严重得多。

⑭按:即便到了20世纪末,一些不太偏远的农村地区,人们在自己身上、头上依然可以发现虱子的踪迹。当时的中小学生还多保留有与虱为伍、被虱噬咬的清晰记忆。可见城乡差别同样深刻塑造着不同地域和空间的身体感觉和身体记忆。或许,这正是另一种更为深刻的城乡差异。

⑮[法]埃马纽埃尔·勒华拉杜里《蒙塔尤——1294—1324年奥克西坦尼的一个山村》,许明龙、马胜利译,商务印书馆,1997年,第200页。

人身有
虫

后 记

本书写于2010年9月至11月，主要资料来自电
子版文渊阁《四库全书》，另有少量资料来自《国学
电子馆》。这使得研究和写作似乎带有了某种电
子化特征。思想和学术因而也成为一种生命的快
捷方式。点击率消解真理。粘贴成为知识，复制覆
盖历史。如此一来，认真推敲每一个方块字，成为
最具中国意味的生存境界。值得期待的是，我们
也许会有一种干净的文字用来净化人性和救赎
自己。

史料不是历史。这是常识。但史料上的每一
个字似乎都在拉近我们和历史的距离。这种距离
不是独木桥的直线，而是立交桥的环形。立交桥
改变了桥的概念，也重建了桥和地面的关系。立
交桥上的车水马龙如同电子文献提供的海量信
息。惊喜之余难免惊恐。瞬间的拥有并不能使历

史一览无余。真正有意义的历史仍需要发现和寻找，甚至需要创造。应该承认，电子图书创造了一种发现历史的捷径。当然，它也删除了曲径通幽的妙趣和美感。

电子图书如同人工景点。得失自知。平心而论，强大的检索功能节省了大量时间，客观上延长了我们的生命。至于有无遗漏，心中无数。网络时代改变了一切。搜集史料乃至阅读史料方式的深刻变化，也使人心生惊悚，常常感觉不知如何触摸历史，似乎失去了那么一点原有的朴素性，与历史隔了一层。当然，这也是想当然而已。

无论如何，有了莫大便利，就应充分利用。有利无弊，只是愿望。关键是善用。一切自由、革命、科学、技术，皆是如此。

后记